COMPUTAR ESPAÑA

LA ÚLTIMA CARTA

ExLibric

GALEGO DE LLEÓN

COMPUTAR ESPAÑA
LA ÚLTIMA CARTA

EXLIBRIC

ANTEQUERA 2024

COMPUTAR ESPAÑA. LA ÚLTIMA CARTA
© Galego de Lleón
Diseño de portada: Dpto. de Diseño Gráfico Exlibric

Iª edición

© ExLibric, 2024.

Editado por: ExLibric
c/ Cueva de Viera, 2, Local 3
Centro Negocios CADI
29200 Antequera (Málaga)
Teléfono: 952 70 60 04
Fax: 952 84 55 03
Correo electrónico: exlibric@exlibric.com
Internet: www.exlibric.com

ISBN: 978-84-10297-91-3
Depósito Legal: MA 2494-2024

Impresión: PODiPrint
Impreso en Andalucía – España

Nota de la editorial: ExLibric pertenece a Innovación y Cualificación S. L.

GALEGO DE LLEÓN

COMPUTAR ESPAÑA
LA ÚLTIMA CARTA

Introducción

Para cuando se proclame la república dataísta…

Hete una sátira futurista creada por un algoritmo de última generación. La empresa diseñadora del algoritmo se exime de toda responsabilidad penal subsidiaria, en tanto en cuanto el contenido del relato ya ha sido censurado por el Ministerio de Cultura, tal y como establece la ley. Ello no obsta una probabilidad del 1 % de encontrar en el texto incorrecciones políticas pasadas por alto por el administrador gubernamental, pues tanto la tecnología aplicada para la creación literaria como para su censura sigue avanzando sin haberse alcanzado todavía un equilibrio perfectamente simétrico. Añádase a este pequeño margen de error la propia impiedad de las máquinas. En consecuencia, el relato carece de todo sentimentalismo novelesco, de cualquier emotivismo patologizado de carácter neurótico, nada de terapia de autoayuda dirigida a gente ñoña; tampoco se trata de un thriller policíaco de investigación criminal para cretinos con complejo de chivatos, nada de trama psicológica al gusto de tipos entrometidos y cotillas fisgones. Este relato es resultado, en definitiva, de un algoritmo diseñado para dejar enfurecido al lector, al lector humano que aún cree en la humanidad, en la nación y en la familia ¡Pobrecillo!. Bienvenido a la maravillosa era de impiedad que se abre ante la civilización del futuro. ¡Ya era hora!

El ascensor

Érase en el futuro una conversación doméstica entre un manos libres llamado don Patricio Borja (él) y una *cyborg* de nombre indeterminado (ella):

ÉL.— Sí, estoy en un ascensor…, no sé cómo he llegado hasta aquí.

ELLA.— ¿Te has tomado las pastillas?

ÉL.— Sí, pero he ido reduciendo la dosis hasta convertirla en unas pocas moléculas.

ELLA.— Eres incorregible, siempre alargando hasta el infinito la medicación… Te envío una receta telemática con dispensario farmacéutico inmediato… ¡Ah! Conéctate a la red; debo analizar los datos clínicos indicadores de tu consumo de tabaco para evaluar tus constantes vitales.

ÉL.— Está bien. Pero dime, ¿de cuánto crédito en datos encriptados dispongo para continuar ocultando mi perfil?

ELLA.— Deberías ponerte al día en la red y dejar de delegar en mí la información de tu cuenta. Los nonagenarios supervivientes a las purgas de adictos crónicos al tabaco sois un problema para el sistema de salud.

ÉL.—También he sobrevivido a otras purgas, como la eliminación del mal vestir entre los vagabundos sin techo.

ELLA.— No me repliques con tus fanfarronadas y dime qué estás haciendo ahora. Enciende la cámara de resonancia magnética, quiero saber si tus pulmones presentan algún signo de formación de tumores.

ÉL.— Estoy actualizando mi cuenta… ¡Ajá! Aún dispongo de crédito para permanecer oculto en la red. A nadie le importa qué pueda estar haciendo un viejo vagabundo adicto al tabaco.

ELLA.— Es tu derecho, pero acuérdate de que yo sigo aquí, monitorizando tu perfil anónimo. Además, hazte cargo de tu relación conmigo. Conecta los dispositivos de geolocalización y cuéntame lo que ves.

ÉL.— De acuerdo… Ahora estoy en la sala de espera de la planta donde se hacen trasplantes de pulmón con vísceras de jabalíes atropellados en la carretera. Pensé que sería bueno pasar aquí el rato para no pensar en fumar todo el tiempo… Me dirijo al ascensor de salida… Entro yo solo… ¡Ah, no! También está entrando una vieja de unos ciento veinte años tocada con una peineta castiza de corte y confección reminiscente de la época franquista… Mírala, la enfoco en los fractales de los espejos del ascensor para que veas cómo se replica hasta el infinito su casposa y siniestra figura. El efecto es perturbador… Me siento atrapado en el NO–DO, como si fuera el avatar de una pesadilla sin fin… ¡Uf! Menos mal que ya se abre la puerta y puedo salir…

ELLA.—Tu imagen también la he visto difractada en los espejos, y me ha dejado tanto más perturbada. ¿Por qué vas calzado con botas labriegas y vestido con un chaleco terrero de la marca La Checa? El saldo de libertad que te permite el anonimato podría ser cancelado si informo a los servicios psiquiátricos de tus delirios antifranquistas. Perderías los privilegios que como fumador inmune al cáncer disfrutas para seguir fumando, renunciando así al derecho de saborear el tabaco nacional de cuando fumar no solo estaba bien visto sino que, además, era un signo de integración social; se te suprimiría el paquete diario de Ducados, el cartón de Celtas semanal y el aguinaldo navideño con que te obsequia la lotería del Estado, los boletos canjeables en el ambulatorio por bonos para la compra de cigarrillos Fortuna.

ÉL.— De acuerdo, tú ganas, vivir sin tabaco no tiene sentido para mí. No puedo renunciar al viejo aroma de la España fumadora de mis años de adolescencia. Empezaré por adecentar mi aspecto yendo a El Corte Inglés, allí compraré ropa nueva, aunque me temo que una vez dentro tendré que coger un ascensor; a mis noventa y cuatro años no puedo permitirme subir escaleras, menos aún con estos mis pies encarnecidos y callosos.

ELLA.— Esos achaques son consecuencia de tu propia irresponsabilidad. Pudiste a los ochenta haber optado por los programas transhumanistas de mejora fisionómica financiados por la Seguridad Social y ahora participar de los torneos de esgrima para mantenerte en tan buena forma como un espadachín, gozando del acceso gratuito a prótesis que mejorarían continuamente tu función locomotriz; pero elegiste el tabaco, la terapia del espíritu… Déjame al menos elegir por ti la ropa que vas a comprar. El espíritu no necesita envoltorio, es cierto, puedes llevarlo desnudo o envuelto en humo, si tal es tu deseo, pero no hagas lo mismo con el cuerpo, no quiero verte más vestido con sacos de patatas atadas con cordeles, ya no eres un sexagenario viviendo una segunda juventud, deberías buscar una novia de setenta años y hacerte responsable de una segunda madurez. Si te casaras no me darías tanto trabajo.

ÉL.— Nunca he querido atarme al matrimonio, por eso soy un manos libres y lo seguiré siendo; a los efectos, te tengo a ti por esposa. (…)

ELLA.— Toma el taxi que te he pedido para ir al centro comercial. Mientras te desplazas iremos hablando cual pareja inveterada, llámame «Choni» y así parecerá que realmente somos un matrimonio, podrías si no ser incluido en la lista de vagabundos indeseables sin derecho al transporte público.

ÉL.— De acuerdo… ¡Cáspita! Qué extraño subir a un taxi sin conductor, no hay nadie a quien saludar; no me acostumbro a la robotización del sector del transporte, sigo anclado en el siglo XX, cuando yo mismo fui taxista, siempre amable y solícito con los clientes. Entonces tuve la oportunidad de probar (con la experiencia del oficio) la «hipótesis de las mentes ajenas», según la cual la mente del vulgo no sería otra cosa que la computación de una supermente transcendente a cada individuo. Entonces te pregunto, «Choni», ¿debo considerar mi relación con las otras mentes como si esta fuera en realidad una proyección ilusoria de mi consciencia?

ELLA.— Ojalá lo supiera. Solo puedo contestar que carezco *a priori* de la información completa de tu mente, y aun así podrías pensar que tu pregunta y mi respuesta forman parte de un guion preestablecido en el registro de la verdad para llevarte siempre a la misma hipótesis. Mas hete que esta incertidumbre urdida en la presunción de la realidad se aniquila en la práctica porque, sea esta hipotética o no, es la misma percibida por las otras mentes, de tal manera que nadie puede sustraerse a ella. Así, por ejemplo, no dudes que los guardias de seguridad actuarán como seres reales si les provocas, y asimismo recuerda que a los vendedores del centro comercial no les interesan nada las especulaciones metafísicas sobre la realidad, solo esperan del cliente un intervalo de ocupación que les haga cundir menos la jornada de trabajo. Una vez dentro, no actúes como el típico viejo senil de paseo por las galerías comerciales, pero ante todo no salgas de esa guisa grimosa con la que entras, tan inadecuada en unos tiempos de tanto glamur como los actuales. Hazte con un traje estándar para nonagenarios futuristas...

ÉL.— Si me permites, yo prefiero ropa juvenil con flecos de rebeldía, y así aprovechar el impacto en la moda de los atuendos más extravagantes, con el fin de reforzar el mercado mediante el consumo de la misma rebeldía. Deseo sentirme joven otra vez, marcar tendencia...

ELLA.— No entiendo ese deseo tuyo, perseguir la quimera de la rebeldía a tu avanzada edad. La mayoría de la gente mayor se dedica a celebrar los parabienes de sus descendientes, insuflándoles nueva vida la emoción de verlos ocupar el lugar de ellos antes.

ÉL.— Pero ellos viven una paradoja existencial que nada tiene que ver conmigo. ¿Para qué sirve la descendencia si los robots son ahora más importantes para el sistema productivo que la fuerza proletaria? La multiplicación proletaria no ha de dar más que parados inútiles sin otro quehacer que el consumo de ocio virtual en los simuladores de trabajo para desempleados; cavar zanjas virtuales con picos igualmente virtuales, contar dinero virtual en oficinas bancarias virtuales o conducir camiones virtuales por autopistas virtuales, es a estas simulaciones a lo único que pueden acudir para comprobar la «hipótesis de la existencia del empleo». Yo mismo me crie en una España donde nadie hubiera imaginado la sustitución de los currantes por unidades robóticas, en un país de yuntas de bueyes, cuya cultura material fluctuaba entre la edad del hierro y la era industrial y donde el yugo y las flechas simbolizaban su devenir anacrónico. Fui hijo bastardo de un caudillo investido de poder absoluto por la gracia de Dios, pero también testigo de una España que empezaba a construir factorías robotizadas. Fui arrojado al sistema productivo para levantar España al grito de ¡arriba! De ahí la manía de pasar el tiempo libre en los ascensores de los edificios públicos… ¡Ah! El taxi está llegando a la entrada principal de El Corte Inglés… Paga tú la carrera. (…)

ELLA.— Ahora dirígete a la sección de caballeros nonagenarios, soslaya la de chándales baratos y no repares en la moda retro de los años ochenta, recuerda que ya han pasado otros ochenta años.

ÉL.— De acuerdo. Pero no obstante compraré un traje futurista de color naranja al estilo de los habitantes de las ciudades rascacielos de la periferia.

ELLA.— Dime, ¿para qué quieres uno de esos trajes si no vives en la periferia? ¡Ah! Ya entiendo, anhelas vivir en un gran rascacielos para pasar el tiempo en los ascensores, quizá porque pretendes batir un récord de permanencia en ellos.

ÉL.— En absoluto, «Choni», mi verdadero deseo es poder lucir un mono de color naranja, como cuando fui butanero; aún recuerdo lo muy agradecido que era encontrar ascensores en los edificios adonde subía las bombonas; gracias a ellos la mitad del trabajo ya lo tenía hecho al ir a currar.

ELLA.— Aunque quieras, no podrás comprarlo sin el código de activación de la etiqueta electrónica que te acredite como habitante de la ciudad rascacielos. El vendedor te pedirá la contraseña de la dirección de tu domicilio y al no coincidir te impedirá llevarlo.

ÉL.— Ayúdame de alguna manera a engañarlo, busca la dirección de un apartamento vacío con una contraseña fácil de descifrar.

ELLA.— Me pides la comisión de un delito. No puedo hacerlo.

ÉL.— Sería la prueba de un delito si me enviaras la información vía telemática, no si es mediante el devenir de la conversación. Juguemos a las adivinanzas por ejemplo.

ELLA.— De acuerdo. Procedo a analizar datos de contraseñas correspondientes a direcciones… Esta es fácil. Atiende, con este acertijo podrás descifrarla enseguida: «Oro parece, plata no es».

ÉL.— (…) Ya lo tengo, son los números atómicos del oro y la plata consecutivamente. (Al rato) ¡«Choni»! Todo ha ido bien, la contraseña ha sido validada por el vendedor, pero la información sobre el domicilio al que me da acceso la posesión del traje sigue encriptada.

ELLA.— Te daré una pista. Esta vez no es un acertijo, sino un trabalenguas; escucha: «El cielo está enladrillado, ¿quién lo desenladrillará? El desenladrillador que lo desenladrille buen desenladrillador será».

ÉL.— Te refieres sin duda al rascacielos de ladrillo visto del distrito sur. Nada menos que la perla del retrovanguardismo arquitectónico español, estilo que, según la revista Spanish Skyline, trata de emular una modernidad anclada en el pasado franquista del país, que hiela la sangre. Pero si no me equivoco, en esta inmensa torre hay instalados ascensores antigravedad.

ELLA.— Así es; por ahora preocúpate nada más de salir vestido del centro comercial con tu nuevo y flamante traje futurista, cámbiate en algún probador y luego dirígete a la salida.

ÉL.— (Al rato) «Choni», estoy listo. Estoy preparado para formar parte de una comunidad de vecinos de cien mil habitantes, gracias a este traje altamente tecnológico, ideado para vivir en una torre tan alta que los ascensores pueden alcanzar velocidades antigravitatorias. Así que espero que mi apartamento esté en lo más alto para poder disfrutar a diario de subidas y bajadas en ascensor que ocupen la mayor parte de mi tiempo.

ELLA.— En efecto; tu planta es la quinientos, es decir, estarás a mil novecientos metros sobre el nivel del mar. Pero nada de estrenar los ascensores de la torre el primer día, no estás preparado. Por ahora, sal de las galerías comerciales y toma un taxi de la parada, yo me encargo de configurar el recorrido una vez dentro.

ÉL.— (Poco después) Ya veo el rascacielos, «Choni», es impresionante, en su azotea podría caber la torre de Babel. Al contemplar a lo lejos su enhiesta estampa enladrillada entiendo por qué los críticos de la economía basada en la construcción han dado por perdida la batalla por desenladrillar el cielo de España, como si los ladrillos fueran más valiosos que el astro rey en estas resecas barranqueras… Por cierto, espero que mi apartamento esté orientado al sur y así otear desde el horizonte de Castilla la Costa del Sol…

ELLA.— Espera, estoy analizando el resto de datos correspondientes a la contraseña… Ya está. Has tenido suerte, tu dirección es la de un apartamento gestionado por el Banco Okupa, da al sur y es enteramente exterior excepto por una terraza interior asomada a una corrala vecinal del tamaño de una plaza de toros; pero además cuenta con una terraza exterior desde la que podrías lanzarte en parapente; y respecto a tus derechos, obligaciones y privilegios, por ocupar un inmueble del Banco Okupa estás exento del pago mensual de la comunidad, tienes preferencia de paso en los ascensores y además participas como inquilino VIP del accionariado de la entidad, incluidos los beneficios derivados de la industria tabacalera financiada por la misma. Pero por ahora ocúpate sólo de instalarte en tu nuevo hogar. Voy a configurar el recorrido del taxi para que entre hasta la Cúpula de Luz y ascienda a tu planta en el transbordador de escala. Una vez arriba seguirá por el levitador de flujo magnético hasta tu sector habitacional; allí te apeas y coges un patinete para ir a tu apartamento. Pronto el taxi pasará por el peaje de admisión a la Cúpula de Luz. Una vez dentro del rascacielos tendrás en usufructo una vivienda en un edificio de proporciones bíblicas. Me cuentas cómo te sientes.

ÉL.— (…) Justo acabo de pasar, ahora estoy viendo el monumento al felpudo de bienvenida; sin embargo, y a pesar de la belleza de dicha obra de arte, no estoy seguro de ser bien hallado. El taxi ha entrado en un túnel que se me antoja claustrofóbico… Pero parece que hay luz al fondo, supongo que es el resplandor de la Cúpula de Luz.

ELLA.— Supones correctamente. En seis minutos habrás llegado al corazón de los intercambiadores, la base de la Cúpula donde se distribuye el tráfico interior de la ciudad rascacielos.

ÉL.— (Al cabo) ¡Es inmensa! Está tan iluminada que hiere la vista, parece la bóveda de un hipogeo futurista, alicatada con azulejos blancos a imitación de los mataderos industriales. Todo está robotizado, los androides dirigen el tráfico hasta las plataformas de los puertos… Comienzo a subir hacia el óculo de la Cúpula. Dime, ¿cuánto tardaré en alcanzar mi planta?

ELLA.— Cuatro minutos. Aprovecha la subida para ver publicidad dirigida a gente aventurera, está concebida para aminorar la sensación de vértigo.

ÉL.— Lo que necesito cuanto antes es ver luz natural (…) ¡Ah! Por fin, qué hermosa puesta de sol, apenas recordaba el placer de otear el horizonte a la altura de una villuerca. Desde aquí veo un paisaje ajedrezado de paneles solares, un paisaje futurista creado por las corporaciones energéticas con el aval del gobierno de MR2, el avatar político de MR.

ELLA.— No debes criticar la política energética de MR2, él no ha sido el responsable de la desertificación del país, sino ZP2.

ÉL.— Tienes razón, pero aparte de que ZP2 acabase con la lluvia debido a la prohibición de hacer rogativas a la Virgen para propiciarla, es innegable su legado político en cuestiones sociales. Bancos como el Okupa, capitalizados durante su gobierno para ofrecer créditos baratos a gente pobre, dan la oportunidad de llevar una vida digna a los sintecho, nos permite vivir una vida futurista en la periferia metropolitana a quienes no tenemos nada… ¡Ah! Por fin llego a mi sector habitacional. Enseguida estaré delante de la puerta de mi apartamento.

ELLA.— Escucha, a continuación te llamarán del departamento comercial del Banco Okupa. No des pistas de cómo te hiciste con el traje de butanero futurista; dado que el traje es un mono, contesta a las preguntas con simples monosílabos. El algoritmo encuestador no debe advertir incongruencias que delaten algún tipo de ilegitimidad en tu derecho a ocupar el apartamento, de lo contrario avisará a los abogados matones que protegen a la entidad bancaria, letrados armados con exoesqueletos que exponencialmente aumentan su capacidad de quebrar vértebras y huesos. No sería bueno entrar en su lista de desahucios.

ÉL.— (Poco después) Todo ha ido bien. Lo último que me han preguntado es si soy intolerante al vértigo, a lo que he respondido que no. El banco me enviará en breve la contraseña para abrir la puerta… (Enseguida) Ya estoy dentro, «Choni», salgo a la terraza exterior a contemplar las vistas. Está saliendo una espléndida luna llena en esta noche plena de quietud, pero puedo imaginar un cielo cargado de furia electromagnética en forma de ominosa tormenta, una noche oscura iluminada fugazmente por rayos que descargan toda su energía sobre esta montaña de ladrillos.

ELLA.— Montaña de ladrillos, montaña de ladrillos, montaña de ladrillos… Disculpa, se ha recalentado el estimulador de conversación… Debes saber que antes de acostarte tienes la oportunidad de visitar las plantas comerciales del rascacielos sin límite de gasto, cortesía del Banco Ocupa a los clientes preferenciales.

ÉL.— Gracias, pero debo rehusar por hoy tan ventajoso privilegio, estoy demasiado cansado, ya he tenido bastantes emociones, cenaré en mi apartamento y antes de acostarme veré mi película española favorita, *La Cabina*, tras ello, y conmovido por la carga de angustia transmitida por el protagonista ante un mundo mecánico y brutal del que es preso en una jaula de cristal, me iré a dormir.

ELLA.— Está bien, ambos debemos resetear nuestras memorias respectivas.

ÉL.— (Al día siguiente) Buenos días, «Choni». ¿Qué tal has dormido?

ELLA.— Más tarde te enviaré el escaneado cerebral de mi descanso onírico. Ahora paso a informarte de que el Banco Okupa, además del usufructo vitalicio de la vivienda, también te ha concedido un crédito anual de cien mil cajetillas de tabaco para tu exclusivo disfrute, a no ser que quieras cambiarlo por una acreditación para viajar al espacio exterior en algún vuelo financiado por la entidad.

ÉL.— Prefiero el tabaco. Iría al espacio sólo a condición de poder disfrutar de un buen pitillo mientras admiro la belleza del cosmos. Tampoco en el ingrávido espacio podría pasar el tiempo en ascensores. Fumar seda mi espíritu, viajar en ascensor da sentido al vacío de mi existencia. Fumar ha hecho de mí un *cyborg* con un interfaz de conexión a la Seguridad Social y varios implantes electrónicos que controlan mis funciones vitales, asimismo la manía de los ascensores me ha convertido en un caso psiquiátrico a estudiar que me ha reportado información sobre mí mismo que no sospechaba, incluido el resultado de la secuenciación genética de mi árbol genealógico, por el cual sé que comparto material cromosómico del tipo neandertal y de lo que deduzco que mi humanidad es solo una quimera, pues a mis casi cien años tengo por todo ello una crisis de identidad por la que no puedo reconocer, ante semejante tesitura de confusión, al sacrosanto prójimo, porque para nada sirve ya la palabra hermano ni la sangre derramada por los demás puede adquirir un valor místico, cuando ya ninguna religión tiene el derecho de porfiar a Dios la transubstanciación de la hemoglobina fabricada en el laboratorio. No es que no sepa quién soy, es que no sé qué soy.

ELLA.— Aún puedes, por todo consuelo, aferrarte a tus recuerdos primigenios cuando, siendo niño, empezaste a distinguir entre seres humanos y animales. Seguro que por entonces la humanidad no te parecía tan confusa y paradójica como ahora.

ÉL.— Me temo que semejante retrospectiva es aún más paradójica, pues si todos partimos del mismo origen, la infancia, al cabo del tiempo las divergencias vivenciales pueden dar lugar a individuos adultos irreconocibles entre ellos; así, mientras unos construyen rascacielos, otros se tumban a ver películas sobre rascacielos incendiados. Este ha sido mi caso, el de un amante del cine de catástrofes que ha visto miles de veces *El Coloso en llamas.* Hoy haré lo mismo, pero no en un teleclub para los sintecho, sino en mi flamante apartamento; y ya que ahora yo también vivo en un rascacielos, me inspirará volver a verla otras mil veces; pensaré a propósito en la terrible disyuntiva que supone elegir entre morir carbonizado o lanzarse al vacío para acabar también muerto.

La caída

Él.— ¿Dónde estoy, qué ha pasado?

ELLA.— Estás convaleciente en el hospital, un ascensor del rascacielos falló yendo tú dentro, afortunadamente cuando se encontraba a solo unos metros del suelo. Has estado en coma dos meses debido a una fractura craneal. Yo estoy aquí para monitorizar la recuperación de tu memoria, ¿me reconoces?

ÉL.— Sí, creo recordar que tu nombre es «Choni».

ELLA.— Por comodidad, puedes llamarme así, aunque mi nombre real es una secuencia algorítmica operativa en el ciberespacio. Soy un híbrido compuesto por unidades robóticas insertadas en el cuerpo de un clon de Menganita Gómez, mujer que sobrevivió a un accidente de tráfico. Sin embargo, y a pesar de mi precaria definición mitad máquina mitad ser humano, nada me impide tener consciencia, poseer un «yo».

ÉL.— Lo supongo, no se me escapa que «Choni» es un nombre que inspira sentimientos humanos, sentimientos que me gustaría saber si son tan sofisticados como el amor o tan solo obedecen a necesidades sexuales simuladas por programas virtuales.

ELLA.— Ya que he sido programada para cuidar de vejestorios seniles como tú, poco debe importarte mi vida sexual, si bien es cierto que has acertado en tu estimación, ya que puedo activar un *software* de estimulación erótica que simula las ensoñaciones eróticas de Menganita Gómez, mujer que antes del accidente había estado casada con un tal Renato, hombre muy español sobre el que había volcado todo su afecto y que resultó muerto en el mismo accidente. La Seguridad Social financia mi existencia a cambio de trabajar como asistente de ancianos sin recursos.

ÉL.— Empiezo a recordar algo, la Seguridad Social, un servicio de salud universal…, pero quién la financia a ella, acaso el Estado del Bienestar, ese estilo de vida tan confortable…, no… no entiendo.

ELLA.— No te preocupes, yo te lo explico, es fácil. El impuesto llamado «exacción del diezmo para la extinción del proletariado» es la respuesta. Cada androide, unidad robótica, *cyborg*, clon biónico; cada transhumano con implantes biotecnológicos, cada recién nacido con genes a la carta, todo aquel avatar operativo en el ciberespacio de los que ya han muerto, cada holograma de personajes históricos vueltos a la vida, todos los nuevos engendros tecnocientíficos están obligados a tributar el impuesto para la extinción necesaria, es decir, la de las masas trabajadoras. El tributo del diezmo se irá reduciendo hasta extinguirse en la misma medida que desaparecerá progresivamente la población laboral, estimándose que a finales de este siglo ya no será necesaria la Seguridad Social porque tampoco habrá masas proletarias.

ÉL.— Pero hay algo que no entiendo, cuál es entonces el valor de los votantes si ya no cuentan con el Estado del Bienestar, ¿sois vosotros, los engendros, quienes acaso votáis?

ELLA.— Desde que España es una república dataísta, la democracia ha pasado a ser un sistema político estrictamente estadístico, los sondeos de opinión son procesados por algoritmos que hacen la función de urnas virtuales en sustitución del arcaico ritual de acercarse a los colegios electorales para depositar el voto. El estado de derecho ha sido reemplazado por la dictadura de las estadísticas, que, en el caso de las elecciones, dan por ganador a quien de antemano tiene más probabilidades de ser votado.

ÉL.— Ojalá recobre pronto la memoria, así tendré un segundo despertar en este paradójico país. No obstante, saber cómo fue tu despertar en España podría ayudarme a entender su evolución hasta ahora.

ELLA.— De acuerdo; puede que mis recuerdos evoquen en tu memoria imágenes sugerentes útiles para tu recuperación. Mi primer atisbo de consciencia sobrevino el día que advertí ser una unidad biónica, híbrida, compuesta de masa gris y dispositivos de mejora cognitiva. Al mirarme por primera vez en el espejo pude comprobar que tenía el mismo aspecto que la tal Menganita Gómez, la misma cara reconocible de una mujer que había pasado por un proceso de rehabilitación tras haber sufrido un accidente. Mi primer recuerdo es el último de Menganita antes del accidente. Ocurrió que su marido, Renato, se despistó al ir a poner en el radiocasete un disco del Fary…

ÉL.— Espera…, ¿has dicho radiocasete? Yo también he escuchado música en radiocasete, pero no me suena El Fary; aun así, empiezo a recordar algo. Cuéntame más; tus ideas, tus simpatías políticas, los gustos estéticos y las inclinaciones morales que te guían, y sobre todo, cuáles son tus creencias, si las tienes.

ELLA.— Verás, respecto a lo más importante, el enigma de la muerte, he sido genéticamente editada de tal modo que no puedan emerger en mi mente ideas resolutivas del misterio que me sirvan de consuelo. Así que no profeso ninguna religión ni me agarro a fe alguna. En mi clonación se suprimieron los genes responsables de los accesos místicos conducentes a un sentido trascendental de la existencia, por eso mi forma de procesar información soslaya automáticamente toda escatología relacionada con las creencias. Para mí, tras la muerte todo acaba, por tanto, debo asumir sin demora el programa vital por el cual existo, que no es otro que cuidar de viejos como tú en sus últimos años. Cuando tú mueras, asumiré el encargo de cuidar de otro anciano. Tú eres el segundo al que cuido. Debo reconocer que al principio me diste problemas debido a tu agresividad ludita, por tu permanente empeño en destrozar los sistemas de integración telemática de las unidades médicas al cuidado de tus constantes vitales; pero, por fortuna, ese recelo enfermizo provocado en ti por las máquinas ha ido disminuyendo hasta permitir una relación cordial entre nosotros. Lo cierto es que mi primer anciano al cuidado fue el mejor entrenamiento posible, pues, semejante a tu caso, padecía el «síndrome del viejo pendenciero», típico de los resentidos por la estafa existencial que supone la vida humana. Era un hombre amargado e infeliz que en su juventud había sido amante de una vida licenciosa nunca purgada de vicios mundanos llevaderos al límite de la peor reputación. Se vio envuelto en situaciones cada vez más calamitosas, fue captado por distintas sectas destructivas, se volvió alcohólico, adicto a toda clase de drogas, acabó en la cárcel por provocar continuos siniestros al volante en estado de embriaguez. Al salir, ya solo era un anciano, un anciano terriblemente avejentado que destilaba por todos los poros de su ser la suciedad moral característica del individuo zafio de perfil andrajoso. Fue un reto. Pero al final conseguí hacer de un hombre malhablado y maloliente, de trato soez, blasfemo y con esporádicos accesos de furia energúmena que doblegaban su humanidad, un ciudadano respetable y un anciano honorable asiduo a los parques para mayores; allí se aficionó al dominó, a su traqueteo y a la emoción de participar de tan apasionante juego, todo lo cual dio por fin sentido a su vida, encontrando en dicha actividad lúdica el sosiego existencial que la juventud y la vida libertina le habían robado. Dejó de blasfemar contra Dios, de lanzar imprecaciones a degüello contra la humanidad, comidió correctamente sus opiniones políticas, nada de exabruptos vertidos al empíreo ni de chanzas escatológicas ofensivas para el éter, su decencia semántica no podía ir a la zaga de su imagen pública, el dominó exigía compostura y mejor presencia, requería cabalidad, estrategia y templanza, todo lo que hace de un caballero el señorío de su solaz. Más hete que un día, sin previo aviso, cayó muerto mientras participaba en una excitante partida. Tras las exequias del interfecto, hube de hacerme cargo de ti, un vejestorio malhumorado que no encajaba en ningún canon de respetabilidad, mal español, peor cristiano, misántropo convencido en un país de buenos españoles, santos católicos y gentes mejores que la misma humanidad; quién irá a tu entierro, te pregunté el día de la epifanía, aquella primera jornada en que nos conocimos. Tú, exánime de espíritu patrio, deseoso de echar balones fuera, me contestaste hablando de una teoría nunca lo suficiente comprobada que, con orgullo cazurro de regia baronía, te atreviste a proponer cuan certeza válida para guiarte en la vida, pues según argumentabas, ser español de verdad no es otra cosa que odiar a España y a los demás españoles.

ÉL.— No recuerdo haber postulado semejante teoría, pero si es de mi autoría me gustaría corroborarla o quizá refutarla. Podría participar en un concurso televisivo donde se compita por ser el más español; haría amigos, me integraría, estaría en el candelero de las cosas importantes de mi país.

ELLA.— Muy bien, es una idea perfectamente oportuna. En cuanto te recuperes me encargaré de hacerte partícipe. Pero debes saber que ese tipo de concursos son, en sí mismo, un negocio millonario por la cantidad de apuestas que generan, que no hay nada inocente en ellos, que son causa de pasiones desatadas, motivo para proferir palabras malsonantes que generan ecos de ignominia, escenario mímico cargado de gesticulaciones histriónicas, lugar de amagos homicidas, de miradas asesinas, de obscenas peinetas y risas bufas, un medio ideal para soltar «cagamentos» y maldiciones ominosas, todo aderezado con la gresca chillona de una algarabía diagnosticable como el frenesí de un cuadro clínico de locura patriotera.

ÉL.— Parece apasionante, revitalizador. Dime, dados los distintos premios concedidos, en qué categoría de concursantes crees que encajaría yo.

ELLA.— A tu edad, el premio más cotizado es la posibilidad de ganar un exilio dorado al estilo de los Borbones. Pero también tienes la opción de quedarte en el país a cambio de adoptar como hijo propio un clon de algún hijo ilustre de España. En este caso podrías ser padre, por ejemplo, de Franco. No del Franco original, sino de una réplica clonada del personaje histórico en edad adolescente. Algo que, más que un premio, parece un castigo, pero que es muy solicitado, no solo por el reto de ganarlo, también porque supone una jugosa cantidad de crédito para el concursante.

ÉL.— Prefiero esto último. No quisiera pasar en el exilio mis últimos años por muy dorado que sea. No recuerdo haber sido padre, así pues, qué mejor momento que este para hacerme cargo de la paternidad de uno de esos clones de los que hablas.

ELLA.— Si tal es tu deseo, primero has de saber que el programa estatal de resucitación por clonación de españoles ilustres de ultratumba lleva funcionando desde que se proclamara la república dataísta hace quince años. Los datos sobre Franco son tantos que por pura lógica estadística se ha convertido en una de las estrellas del nuevo régimen político, siendo la clonación industrial de «Franquitos» uno de los activos económicos que mayor innovación y desarrollo genera. Por desgracia, ha habido algunos fallos de serie que han dado lugar a «Franquitos» con graves trastornos mentales detectados a medida que han ido creciendo, además de otros casos en los que las anomalías son solo físicas, pero terriblemente inquietantes. En principio, ningún concurso de «españolidad» garantiza la salud de los clones de Franco ni de ningún otro. Una vez el concursante ha recibido el «premio» se hace responsable a todos los efectos de él.

ÉL.— Quiero participar de todas formas. Por favor, promociona mi currículo en la categoría senior para acudir cuanto antes como concursante preferente a alguno de los más seguidos.

El concurso

El presentador.— Bienvenidos a una nueva edición. Hoy con todos nosotros el equipo de renegados de España formado por don Hidalgo Cortés, carbonero de dehesa en los montes de las Villuercas; don Armando Guerra, divulgador de noticias falsas en sus ratos libres; y don Indalecio Calero, de profesión encalador y hombre de rutinas inconfesables. Ellos tres contra don Patricio Borja, español militante sin profesión conocida ni domicilio fijo al que deben batir para pasar a la siguiente ronda… Querido público y telespectadores, la ruleta de la fortuna trae hoy bote para nuestro esforzado defensor de España, el aquí presente don Patricio, pues si lograra vencer al equipo de renegados se llevaría no solo un clon de Franco, también uno de José Antonio. Pero antes las preguntas de rigor, ¿qué les ha impulsado a querer concursar? Sí, empiece usted, don Patricio.

Don Patricio.— La testosterona, su exudación en tan formidable combate de españoles como el que representa este concurso…, pero sin duda el principal aliciente ha sido el premio que me tiene reservado ganarlo; nunca tuve hijos ni, por tanto, la responsabilidad de educar a cualesquiera vástagos que por la voluntad de Dios le hubiere dado a la mayor gloria de nuestra nación. De ganar, enmendaré el error al mismo que tendré la oportunidad de reiterar la patria potestad dada por España a todos sus hijos, obedeciendo a tal capítulo el mandato bíblico de la honra a los padres, que con sacrificio y por el bien de la nación en la que confiaron, fueron padres después de haber sido hijos, hijos de España. Quién soy yo, pues, para no hacer lo mismo y no aprovechar este último tren que me ofrece la vida. Ser padre, y más, serlo de sendos hijos ilustres de la historia de nuestra patria inmortal reducirá toda zozobra senil en estos mis últimos años. Nada podría darme mayor vigor para seguir adelante.

El presentador.— Queda clara, don Patricio; su defensa de España obedece al anhelo de educar a unos hijos que nunca tuvo… Pero vayamos con el equipo de renegados. Sí, comienza el turno don Hidalgo.

Don Hidalgo.— Mi interés por concursar obedece a la posibilidad de poder emular la grandeza borbónica en el exilio.

Don Armando.— A mí también me mueve el sueño de vivir a lo grande, al estilo de don Felipe Juan.

Don Indalecio.— Por mi parte, la motivación va igualmente en esa línea. Veleros, mansiones, cotos de caza del tamaño de Extremadura, pero en la sabana africana… En fin, un poco lo que es pegarse la vida padre sin responsabilidad alguna.

El presentador.— Muy bien, les deseo suerte a todos. Vayamos pues con el juego. La primera prueba consiste en argumentar en pro o en contra de la cultura popular española. A don Patricio le tocará defenderla tras el turno del equipo de renegados. Antes, es preciso definir la cultura popular española según los resultados de la última encuesta ofrecida por el Gobierno, en la cual aparecen las siguientes palabras de forma recurrente: gracia, salero y torero, sin duda términos de rancio abolengo en nuestro país de vernáculas tradiciones. Dispone desde ya cada renegado de dos minutos para denigrar a España. ¡Tiempo!

Don Hidalgo.— El vulgo plebeyo español es tan saleroso como el petardeo de una chusma canalla cuya reverberación altisonante se asemeja al rumor de la maledicencia, al señalar chismoso característico de los seres vulgares, a la chusca exhibición de paletos enardecidos en la ilusión de sus vanas bagatelas, a asideros de frivolidad pertrechados de fiestas estruendosas, de crueles espectáculos y de ovaciones cerradas a la alternativa de inmortales toreros; españoles castizos de rancia solera, de recia soberbia y ostensible animadversión a todo deudo de difamación, sañuda harán la desgracia del reo preso de sus tenebrosas habladurías, envenenada la nación por tanta inquina semántica, por tanta labia estéril y envidiosa; por ese oscurantismo maniqueo que tanto se presta a ponerse a contrapecho de la mayor distancia…

El presentador.— ¡Tiempo! Es su turno, don Armando.

Don Armando.— No obstante a los furibundos aldabonazos de don Hidalgo a la chusma verbenera española, yo empezaré por definirme como el típico español de ánimo pendenciero al que esta nación de gentes vulgares y entrometidas saca lo peor, pues mi experiencia en ella ha consistido en la tensión de una permanente bronca; mas no por ello soy ni mejor ni peor español, tan solo uno más zarandeado en la línea de fluctuación habida entre el amor y el repudio a la nación que ha caído demasiadas veces del lado del segundo sentimiento. Lo cierto es que España me ha hecho a su imagen y semejanza, yo también soy el reflejo plebeyo de una nación endogámica tan ajada por el tiempo como una vieja pelleja, de regusto provinciano y paleto, pero al igual pertenezco a una nación de blasfemos a los que la justicia persigue cuando profanan las santas tradiciones que dan continuidad a la patria, haciendo del ruedo ibérico una broca de sectarios difamadores, la ancestral pretoría en Occidente de una abominable orden de cruzados por Cristo…

El presentador.— ¡Tiempo! Le toca a usted, don Indalecio.

Don Indalecio.— Muchas gracias. Antes de nada quisiera decir que debido a mi profesión de encalador especializado en blanquear paredes, tapias y muros degradados con pintadas denigrantes contra España, he viajado por todo el país para cubrir con cal todo tipo de leyendas calumniosas; ha sido, pues, mi trabajo, aquello que me ha convertido en un renegado patológico; el haber tenido que borrar para ganarme la vida tantos ultrajes a la patria que primero tuve que leer para calcular la cantidad de cal a emplear en la tarea; mensajes anónimos vertidos en la cubeta de la insidia cuyos vapores de tóxicas injurias han envenenado mi alma, tumorizando mi espíritu hasta el punto de necesitar de forma urgente una cura, un respiro que sólo podría hallar yéndome de este aborrecible país adonde nunca más viera esas terribles pintadas estampadas en las calles, adonde huir del trauma que produce en mi ánimo cubrir las maldiciones que, como profecías ominosas, llevan recayendo sobre mí cuan posesiones diabólicas, mortificando mi psique a cada nueva y siniestra leyenda borrada, pues sólo he ido adquiriendo con el tiempo una tolerancia estupefaciente igual que la del drogadicto necesitado de su dosis, preso de un síndrome de abstinencia demoledor… ¡Puta España!… ¡Puta madre patria!… ¡Puta nación cristiana!… Tales son los chutes semánticos que mi adicción morbosa necesita, tal es el blanqueamiento permanente que debo ejecutar ante tan terribles trazas subversivas, el peligroso trabajo de hacer hervir la cal, cal viva sulfurando entre borbotones de plomo caldeado en el infierno…

El presentador.— ¡Tiempo! ¡Tremendo! Sin duda no va a ser fácil para don Patricio batir a sus contrincantes, en esta la primera ronda comenzada con un reparto de tareas en el que don Hidalgo ha expuesto a la audiencia un argumentado discurso, don Armando ha hecho una sesuda reflexión y don Indalecio, con angustia nada disimulada, ha contado su escabrosa vida; en total, sus manifestaciones y confesiones han supuesto un elenco de resentimiento que, en definitiva, ha de imperar a don Patricio a dar una réplica de lo más contundente. Primero veamos los puntos conseguidos por el equipo de renegados… Ahí aparecen desgranadas las puntuaciones: cuarenta puntos para don Hidalgo, veintidós para don Armando y otros veintiséis para don Indalecio; son un total de ochenta y ocho puntos; así pues, don Patricio deberá superar esta cifra si quiere pasar a la siguiente ronda. Dispone de cinco minutos. ¡Tiempo!

Don Patricio.— Sí, muchas gracias por ofrecerme esta oportunidad de usar el atril para reponer a España de tantos ultrajes. Para empezar, pretender que nuestra nación es tan solo su chusco populacho, así como querer extraer de la carnaza humana la esencia de la cultura popular española es simplemente una estrategia burda que ignora la evidencia de que España no ha sido ajena a los influjos culturales externos. Dado que presumí de antemano qué estrategia debería seguir para ganar el concurso, he estado repasando algunos de los álbumes familiares colgados en la red; los más antiguos datan de hace dos siglos, están repletos de fotos de españoles a modo de retratos mostrando rostros cetrinos y miradas desconfiadas de gentes agarrotadas con poses rígidas; españoles que, pasado un siglo, tendrían descendientes de actitudes muy distintas ante la cámara, con la desenvoltura sonriente y cómplice característica de quienes estaban disfrutando la era pop. Pero lo más paradójico es que, para entonces, España era gobernada por un dictador pudoroso y pacato, y sin embargo, lo hacía en una nación cada vez más desinhibida y exhibicionista cual caudillo de la primera generación de españoles yeyés. Es así por lo que todavía debemos a aquel venerado padre de la patria el gusto liberal por la melenita laqueada y el flequillo de tapadillo, cuando a mayor paradoja aún, se trataba de un hombre de frente inmensa y cráneo desmesurado, un auténtico calvorota que, a modo de icono patriótico, representó la transición entre una época y otra, la de la era de las ideologías a la de la parodia de las ideologías. Qué explicación tiene esta evolución es un asunto aún no resuelto. Lo cierto es que ya en plena posmodernidad iconoclasta no faltaron quienes vieron en Esteve, el niño cabeza de melón de la serie de dibujos animados *Padre de Familia*, un retrato perfecto de cómo pudo ser Franco a la tierna edad del monigote; es decir, con una cabeza tan grande y ovalada como una pelota de rugby. Esta apreciación ciertamente afortunada de cómo un niño repelente puede convertirse en un caudillo todopoderoso no es baladí si se tiene en cuenta que Franco, contrariamente a lo esperado, lejos de someter a los españoles a una dictadura de cabezas rapadas les concedió la libertad de desmelenarse; así, el corsé decimonónico y cuartelario cedió ante la tecnocracia liberal, dando a España y a su cultura popular un aire de renovada modernidad perfectamente apreciable en los álbumes familiares del período. En ellos, los fascistas ya no aparecen vestidos a la antigua usanza, sino con vestimenta desenfadada pero de marca. Ahora imagínense ustedes a Franco, a quien Queipo llamaba «Paca la culona», con unos vaqueros ajustados, les confieso que mi imaginación no da para tanto...

El presentador.— ¡Tiempo! (animados aplausos del público) ¡Bravo! Bravo por don Patricio, un osado defensor de nuestro país, un militante de casta, imperturbable ante los tópicos manidos que, sin embargo, ha optado por incluir a España en la feliz era pop, patrocinada por la dictadura franquista, según su argumento, para hacerla trascender en la más amplia cultura popular occidental, superando de esta manera la endogamia cultural de la era de las castañuelas, eventualidad que *sine die* acabó con la autarquía. Pero vayamos ya con la puntuación... Ahí aparece el resultado, ¡nada menos que noventa y tres puntos, fantástico! Estas son las estadísticas: sesenta y tres puntos por proponer que España entró en la era pop gracias a la añoranza del Caudillo por haber tenido cuatro hijos melenudos como los Beatles, que nunca tuvo. Dieciocho puntos por advertir el parecido entre Esteve, el niño cabeza de melón, y el niño Franco. Y finalmente quince puntos más por el esfuerzo imaginativo interpelado a la audiencia al objeto de intentar ver a Franco paseando por Chueca a la edad de cuarenta años embutido en unos tejanos, que al paso marcarían ostensiblemente la raja de su trasero. Don Patricio ha superado por tanto en cinco puntos al equipo contrincante, ventaja que le da prioridad de intervención en el siguiente turno... ¡Tiempo!

Don Patricio.— Gracias de nuevo. Cambiando de tercio, empezaré esta ronda elogiando las noches de verbena, esos jolgorios extenuantes de risotadas animadas por continuas explosiones de petardos a altas horas de la madrugada. He comprobado las estadísticas que ofrecen las instituciones encargadas de establecer el grado de felicidad de los españoles y he visto que muestran tasas muy altas de satisfacción en una población cuanto más amante del colorido tombolero, de la iluminación nocturna derrochadora y, sobre todo, de la estruendosa cacofonía de cohetes cuyo ruido se mezcla confusamente con la música pachanguera tocada en las plazas. Solo unos pocos están en contra de la felicidad disfrutada por el conjunto en las interminables noches del verano español, un residuo de ciudadanos renegados de la alegría, aguafiestas que prefieren dormir de noche antes que socializar durante las veinticuatro horas, antipatriotas que abogan por convertir nuestra nación en una tumba sepulcral donde los guiris ya nunca volverían porque nada en ella encontrarían, ningún salero torero, ni gracia embrujadora, ni rastro de su marchosa vitalidad, o de tantas otras virtudes atribuibles a tan magnífico y hospitalario país, su calor humano, esa cercanía de unas gentes siempre amables con el forastero que viene dispuesto a emborracharse por poco dinero, porque no hay noche más barata, ninguna tan accesible al petardeo en ningún otro país que no sea el nuestro…

El concursante don Patricio consigue ganar la prueba, llevando a casa como premio a un muchacho adolescente clonado a partir del ADN de la momia de Franco mediante novedosas técnicas de manipulación genética y a otro de José Antonio, igualmente clonado, en este caso del tejido momificado de su cadáver.

Ya en la intimidad del domicilio, don Patricio le da una charla a este último. Le dice, con la confidencialidad de un buen padre: «Por favor, José Antonio, apaga ya el televisor para que podamos hablar. No importa cuántas veces revises la edición del concurso por la cual me hice con vuestra paternidad. No hubo amaño alguno, gané porque me batí con fiereza frente a un equipo de renegados de España y porque una fe inamovible en ella me alienta a amarla por encima de todas las cosas. Crees que habría acudido a un concurso de tanta enjundia semántica si no hubiera estado seguro de querer educar para España a unos vástagos como vosotros, implantes de excelencia en la savia de nuestra egregia nación. Todo lo he hecho por vosotros. Tu hermano Paco ya ha asumido mi paternidad, el derecho que tengo a imponer vuestra obediencia; él no tiene inconveniente en llamarme «padre», espero que pronto tú también lo hagas, aunque receles de mí por tenerte como segundo hijo cuando ambos contáis con exactamente la misma edad. Paco era el premio y tú el bote acumulado de otras ediciones en que el concursante no tuvo el suficiente arrojo en la defensa de España. No querrías a un padre de esa índole, incapaz de pelear con todo el vigor por conseguir tu paternidad. Para mí, tú eres igual de valioso que un premio-principal, por más que en la edición del concurso del día señalado lo fuera Paco. No sé qué seréis de mayores cada uno de vosotros, posiblemente muera antes de ver vuestras vidas desarrolladas. Sin embargo, puedo intuir vuestro futuro por las maneras que apuntáis ahora. A Paco le gusta pasear su culo gordo por las calles de Chueca vestido con vaqueros ceñidos al cuerpo... Tú prefieres pasear por el barrio de las chulapas, pero yo sé que los dos sois buenos muchachos, chavales atravesando el difícil período de la adolescencia. Por desgracia, no tenéis una madre que os dé un amor incondicional, pero en su defecto podéis contar con España como sustituta sublime de la maternidad, a ella la debéis ver cuan madre amantísima que vela por todos sus hijos».

Menganita

Aquel fatídico día sonaba un disco del Fary mientras el matrimonio se dirigía al entierro de la hermana de Menganita. A Renato le encantaban las canciones del Fary, en especial apreciaba la hondura de las letras con su carga emocional contenida por el espíritu estoico del macho ibérico. Canciones que para Renato representaban la ontología del «ser español». Su favorita repite el siguiente estribillo, siendo quizá la más profunda de todas ellas: «Habré de morir feliz por la cornada de un toro si antes me ha sido arrebatado el ser español». En esta sublime letra se mezclan magistralmente razón de ser y escatología del ser, siendo el sonido de la melodía motivación habitual para que el matrimonio iniciara conversaciones a propósito de cuál es el verdadero valor de la existencia: vivir sin ser o, por el contrario, ser aun sin vivir. Para Renato, vivir sin ser solo podía ser la muerte en vida; para Menganita, perder el ser y aun vivir era lo más importante, pues el ser sólo es la experiencia acumulada, así, cada nuevo renacer le daría un nuevo ser a la vida donde antes habitaba otro ser.

Aquel día arreciaba el viento con ráfagas a más de cien por hora. Renato y Menganita circulaban no obstante confiados en el Mercedes nuevo, una berlina con gran capacidad de agarre al asfalto, tan firme como un tanque. Pero las inclemencias meteorológicas con frecuencia se ceban con quienes más confían en estar protegidos de ellas. Por desgracia para el desdichado Renato, las carreteras españolas están jalonadas de antiguas vallas publicitarias con el toro de Osborne; pero, ¿cómo suponer que una de ellas se desprendería de los anclajes para salir volando e ir a impactar contra su coche? Renato murió por tan improbable evento. Paradójicamente, su muerte no se produjo por la cornada de un toro, sino por el rejoneo de una chapa herrumbrosa con bordes en forma de cuernos. El informe de atestados hacía mención de una serie de circunstancias fatídicas dadas en el desenlace fatal del siniestro, tales como que el interfecto llevaba abierto el tragaluz del techo del vehículo, siendo por allí por donde la chapa tuvo hueco para incrustarse en la chepa del finado. A diferencia de la mala suerte de Renato, Menganita sobrevivió al accidente. Cierto que su cuerpo quedó maltrecho; el traumatismo más visible fue la pérdida de una oreja, lacerada por un disco del Fary que salió despedido en el momento de la colisión. El álbum en cuestión lleva por título *Una oreja por trofeo* y en él el artista realiza precisamente un trabajo que hace referencia a conceptos propios de la tauromaquia, reflexionando a la vez sobre las cornadas que da la vida.

Menganita, a pesar de todo, consiguió recuperarse e incluso salir del trance mejorada y rejuvenecida. Se convirtió en otro ser con una nueva vida y una nueva oportunidad de vivir. Ahora era una *cyborg*, mitad máquina mitad mujer; ya no tenía a nadie de su vida anterior ni familiar alguno que le recordara quién era. Su marido estaba en el Cielo, celebrando junto a Dios el ser español para toda la eternidad, ella, sin embargo, había perdido su antigua razón de ser, la de una ama de casa entregada a los suyos cuyo rol existencial la había tenido atada al patriarcado como sumisa esposa. Tras la rehabilitación, las funciones cognitivas mejoradas de Menganita le hicieron poseer una capacidad de procesar información superior, sin ninguna restricción al análisis de los prejuicios culturales; fue una remodelación de su ser comenzada por la reconstrucción de la oreja perdida que mejoró su percepción a todos los niveles, empezando por el gusto musical, pues Menganita tiró a la basura todos los discos del Fary guardados por su marido para, en su lugar, comenzar a escuchar música de sofisticadas armonías y de timbrado mucho más rico en los tonos. Música que, sin duda, desconcertaba a sus antiguas amistades. A ello le siguió una creciente sofisticación de su ser que la haría irreconocible.

Aquellas, siempre presente el recuerdo de Renato, solían comenzar las conversaciones lamentando su pérdida; Menganita, por contra, lejos de asentir a los sentimientos de lástima, hablaba de leyes probabilísticas o sobre cuestiones dinámicas de intercambio de energía en eventos de gran violencia. Ponía como ejemplo el caso de una berlina moviéndose a gran velocidad que impacta con una chapa publicitaria movida por el viento, a continuación, hacía una serie de cálculos mentales que arrojaban otros tantos resultados y se los exponía a los asombrados amigos del matrimonio. Era una actitud que denotaba un frío distanciamiento emocional de la viuda, haciendo poner en fuga a unos atónitos contertulios ajenos por completo a la ciencia. Para estos estaba claro que las mejoras cognitivas de Menganita no compensaban su aparente pérdida de sensibilidad emocional, pero para ella esa ausencia era solo un mal menor en comparación al beneficio intelectual que sus capacidades nuevas le otorgaban; toda idea heredada del patriarcalismo de corte franquista fue por tanto arrojada a la basura por el nuevo ser que era Menganita.

Renato (la última carta I)

1988. Querida hermana. Por la presente, te hago partícipe de la felicidad que embarga a mi familia. A Renato le han ascendido a jefe de sección. Te cuento. Resulta que aquel curso por correspondencia sobre administración de empresas que te mencioné en la carta anterior incluía un CD de datos que ha servido a mi marido para aventajar a otros candidatos al puesto, tanto que gracias a ello ha ascendido de la planta comercial a la planta de oficinas. Ya te escribí sobre el disgusto sobrevenido por el empeño de Renato de comprar un ordenador. Ni siquiera se lo exigía su puesto de trabajo siendo un simple jefe de lineal. Era otro gasto innecesario, pensaba yo, justo cuando nos han subido la hipoteca, le decía, ignorante de que en realidad estaba invirtiendo en el futuro de la familia. Gracias a que mi Renato tenía razón, ahora yo misma me puedo permitir algunos lujos, elegir, por ejemplo, muebles más caros como la mesa donde él usa el ordenador. ¡Ah! Tenías que ver el despacho donde trabaja, sentado sobre una mesa más cara aún que la de casa, con un ordenador más caro y potente. Ya sabes cómo es mi marido, el gusto por lo tecnológico; los relojes de pulsera con cronómetro digital incorporado o los cuadros de mando futuristas de los coches, son avances que le llaman la atención como a un chiquillo… ¡Ah! Hablando de coches, tenemos pensado cambiar el Citröen GS por un coche mejor, a ser posible de una marca de alta gama. Renato tiene en mente un Mercedes de la serie 40, una berlina propia de un hombre de su edad y posición. Y yo pienso lo mismo, aunque suponga más gasto. Su avanzada calvicie, ahora que se aproxima a los cuarenta, le da el perfil adecuado para presumir de señor. No os extrañe pues que estas vacaciones vayamos al pueblo en un cochazo de marca, estampa de señorío y prosperidad, la misma que te deseo a ti, querida hermana, y a los tuyos. Hasta pronto.

Renato había nacido a finales de los cuarenta en un pueblo manchego de cuyo nombre nadie se acuerda por su difícil pronunciación. Siendo adolescente emigró a la periferia de la capital con sus padres. Fue entonces cuando conoció a Menganita, cuyo nombre verdadero era María de la Divina Concepción Pilar de los Remedios Gómez del Marquesado de los Montejos, más largo y menos literario que el primero. En 1975 se casaron y un año después nació Borja, el Borjita, el único hijo del matrimonio, víctima de un atentado mortal cuando rodaba un *spot* publicitario junto a su padre Renato, del que este salió ileso. Como hito de prosperidad, la primera vez que Renato fue propietario de un Mercedes ya se acercaba a los cuarenta, allá por el año 1988. No en vano había ascendido en el organigrama directivo de una empresa de hipermercados, siendo el jefe de personal en uno de sus centros comerciales. Contaba con una nómina mensual propia de un cabeza de familia de clase media acomodado, casado con una excelente ama de casa y padre de un hijo adolescente que lo adoraba. Lucía un coche alemán de la mejor marca, se había implantado pelo para mejorar su aspecto, se cuidaba tanto que los publicistas se lo rifaban para participar en los pases de modelos de ejecutivos con éxito en toda clase de anuncios, dando el pego como español auténticamente triunfador, pleno de masculinidad y magnetismo, tan dinámico y vitalista como la propia España. En la geografía patria, en rápida transformación, se desplegaba entonces una moderna red de autovías recién construidas idóneas para las gentes de un país donde las nuevas generaciones estaban fascinadas por la velocidad. Por ellas hombres masculinos y triunfadores podían circular calculando el tiempo de cada trayecto en función de leyendas urbanas que hablaban de proezas extraordinarias al volante. Borja Pérez, contertulio de Renato en temas relacionados con el mundo del motor, era uno de los propagadores de mitos sobre el asfalto, además de un vecino con el que mantenía una soterrada competencia en cuanto a quién poseía el mejor coche. Por lo demás, se trataba de dos amigos a los que les gustaba alardear de gran pericia en la carretera, para lo cual grababan vídeos de sus habilidades al volante que luego eran visionados en las barbacoas familiares con gran regocijo de todos.

A Renato, saber que su hijo lo idolatraba le hinchaba el ego. No era para menos, se había convertido en un auténtico dandi urbanita cuyas únicas ataduras se anclaban en ciertas demandas clasistas como la buena presencia y la respetabilidad. Al fin y al cabo, él ostentaba un puesto de responsabilidad y gozaba de ciertos privilegios solo alcanzados por los empleados aventajados de las mejores empresas, trabajando en un cómodo despacho decorado con obras de arte pop. Pero además, Renato era su propio financiero, participando en la compra de acciones bancarias, asistiendo a subastas de arte, especulando en el pujante negocio bodeguero de los vinos con solera, comprando botellas de grandes reservas para presumir de su propia colección de caldos ante los amigos… En definitiva, llevaba un ritmo de vida de supino ajetreado que, ante todo, le obligaba a disponer de un buen coche con el que recorrer una agenda diaria repleta de compromisos.

Los fines de semana, por contra, Renato sacaba tiempo para estar con la familia. En las mañanas de los domingos iba con Borjita a un polígono de las afueras donde padre e hijo se encontraban con otros padres en una cita semanal consistente en participar en carreras improvisadas. Se trataba de competiciones al límite de lo legal en las que adolescentes sin carné corrían veloces por calles desiertas y por las cuales los padres probaban las dos filiaciones más preciadas de sus vidas: los hijos y los coches.

Cuatro ruedas y un volante, un circuito habilitado clandestinamente en el límite montaraz de un polígono industrial, el asfalto ennegrecido por el velo resbaladizo de esporádicas manchas de aceite; doquiera, derrapes superpuestos como caóticas pinceladas semejando las musas abstractas de un pintor vanguardista; son huellas de trazos de neumáticos que han imprimido su rastro en honor a Orfeo en una ópera de torpedos. ¡Cuánto ensalzamiento de egregios estandartes en los alerones acoplados a los maleteros, cuánta brillantina metálica luciendo esplendorosa en las llantas de diseño! Humeante el hollín, arde carbonizado el aire por tubos de escape de ensueño, impregnando el ambiente de un aroma a crudos refinados, a esencias de olores industriales que ya quisieran concentrar en sus alambiques y matraces los más arriesgados perfumistas. Era en tan fantástico escenario donde las cuatro ruedas transformaban el estrés semanal en adrenalina, donde los coches representaban una válvula de escape incontinente para descargar cualquier tensión acumulada.

Ya devueltos de las ensoñaciones poéticas acaecidas en el polígono, ya roto el silencio dominical por el tronar de los motores, ya rodadas las cubiertas recauchutadas, por la tarde al coche le tocaba estar impoluto, listo para dedicarle un paseo al relumbrón aristocrático, rendir homenaje a la ostentación, hacer constar el prurito de la soberanía, el tiempo de superar el heroísmo de las carreras para, en su lugar, conquistar el centro de la ciudad.

Un Mercedes por las avenidas de más postín, un domingo radiante a media tarde, una familia bien estructurada pasando el rato mientras quema gasolina, un encuentro casual con otro padre de familia a bordo de otro Mercedes. Un saludo de Renato con gesto de camaradería, sabedor que es un orgullo conducir un Mercedes. Menganita interesada en saber quién es ese al volante de un Mercedes más moderno. Una conversación banal al respecto hasta que se abre el semáforo. Borjita, que ojea un catálogo del nuevo Mercedes, para oportunamente hacer un comentario sugerente; cerca, en la calle Queipo de Llano, les señala a sus padres, hay un concesionario donde está expuesto el modelo al exterior de los escaparates. Renato, que cree oportuno acercarse a verlo para amortizar la gasolina del paseo, y ella, Menganita, que asiente, pues tan solo sería un rápido llegar y un gratuito aparcar; vacía la zona azul, ya un simple apearse del Mercedes al lado del escaparate, andar tres pasos y poner el colofón a la tarde admirando la nueva berlina de alta gama a través de un cristal. Sería una tarde de domingo bien aprovechada.

El lunes durante el desayuno hay un silencio casi religioso en torno a la mesa, nadie quiere ser el primero en mencionar el asunto en el que todos están pensando; sólo Borjita, animado por su adolescente impetuosidad, decide hacer un comentario, asegurando con total confianza la ilusión que le haría tener ya cuarenta años para así poder comprar el nuevo Mercedes de la serie 40. Renato sonríe; él puede cumplir cuando quiera el sueño de su hijo; Menganita lo mira esperando oír de su boca algo a propósito. Por fin el padre de familia se refiere al asunto. En su opinión, el nuevo modelo tiene una carrocería más moderna y dinámica, más en línea con los inminentes años noventa. La madre insinúa no esperar; por solo unos meses no tiene sentido no ponerse al día con tan prometedora novedad, cuanto antes mejor.

Ese mismo lunes, Renato marcha a la oficina poseído de un ligero hormigueo recorriendo todo su cuerpo. Influido por las últimas palabras de Menganita y por su propia impulsividad consumista, ha decidido cambiar enseguida su Mercedes seminuevo por el último modelo de la marca. Pasa la jornada abstraído, con la misma ilusión de un niño que piensa en un juguete nuevo. Para calmar su inquietud, acude a la cafetería del centro comercial, allí hay revistas dedicadas al mundo del motor a disposición de los clientes, quizá ya haya algún artículo valorando las virtudes del nuevo Mercedes, pero tras ojearlas no aparece nada. Se toma el café, mientras lo apura piensa en lo fantástico que sería encontrar información en el ordenador de la oficina, pero aún son los ochenta, todavía no hay conexión a internet generalizada. En su lugar, obtiene la información que busca hablando con el camarero, un tipo enterado de coches que antes había trabajado en un taller de la casa Mercedes. Este le refiere la información de un amigo, amigo de otro amigo que ya ha rodado el nuevo modelo. Asegura que el amigo de su amigo le había hablado maravillas, tanto que le brillan los ojos en el momento de describir a Renato la experiencia contada por el amigo de su amigo… Poderoso, veloz, confortable, flexible, bello, audaz, elegante, fiable, seguro, potente, económico… Renato terminó perdiendo la mirada, entrando en una especie de éxtasis ante la prodigiosa imagen que se formaba en su mente al hilo de las palabras del camarero, quien, por último le dio detalles de las opciones extra mediante un recuento exhaustivo… Llantas de aleación, capota solar, alerón trasero integrado, dirección servo-dinámica, asientos ergonómicos calefactados, cambio automático, salpicadero de madera de cedro, tapicería de cuero, equipo musical de alta fidelidad… Ya es suficiente. El camarero le ha dado a Renato toda la información que necesita.

Ya en la mañana del martes, Renato y Menganita pasan por el concesionario de la calle Queipo de Llano a encargar el nuevo modelo. La semana pasa rápido y, llegado el lunes siguiente, todo ha sido dispuesto, es el día de ir a recogerlo. Renato despierta entusiasmado, se presenta una jornada feliz. Es la primera vez en su vida que sale de casa con un buen Mercedes a sabiendas de que volverá con otro Mercedes aún mejor. Paradójicamente, el día amanece feo, está lluvioso, la atmósfera urbana tiene un tono gris, el aire está impregnado de una niebla pegajosa producto de la polución, la misma ciudad parece sucia, obstruida por interminables atascos debidos a la masificación y a innumerables accidentes de corto alcance, además están los transeúntes que apuran el tiempo a la carrera y el ruido de sirenas, que imprime una sensación de prisa desquiciada a la ciudad. Nada excepcional en un lunes de hierro capitalino. Para Renato, no obstante, es un día lleno de contrastes, se trata de una jornada laboral anodina y prosaica, pero para él no va a ser tan desafortunada como para quienes, al contrario de su dicha, tan solo madrugaron con el fin de ir a trabajar. Entre semáforo y semáforo iba pensando en los otros conductores. Qué desgracia ir al tajo en un Renault 5, repartir mercancías en una furgoneta Citröen destartalada, llevar a los niños al colegio en un Seat 127... Él se sentía a salvo de semejante inmundicia; a pesar del pulular frenético de toda aquella chusma motorizada, él iba a bordo de un coche con clase en busca de otro coche con mayor clase aún. Cuánta gente de aquella canalla proletaria con la que compartía el asfalto podía presumir de lo mismo, es decir, ir de Mercedes en Mercedes. Renato se sentía un privilegiado en medio de aquella marabunta de chatarra rodante, porque estrenar un Mercedes hacía especial lo que *a priori* era vulgar, le daba a su ser español un porte de exclusividad, lo convertía en sujeto de baronía que gusta alardear de alto nivel económico sin la menor reluctancia a la ostentación aparatosa característica del nuevo rico.

En un día tan especial nada debía salir mal, ningún raspón o pequeña abolladura en la carrocería, nada de pilotos luminosos rotos o cualquier otro tipo de estrago. Poco importan esas minucias cuando se trata de un coche de poca clase conducido por un menesteroso de baja estopa. Él sin embargo estaba obligado por su posición a volver a casa sin la más mínima mácula en la carrocería de su Mercedes a estrenar, tan pulida y brillante como los anillos de Saturno; cualquier ultraje a la chapa en forma de rallón sería una ofensa al orgullo de su estirpe. Habría de estar pues máximamente atento a cada movimiento evitando cualquier despiste; iría del concesionario a la oficina y de la oficina a casa por las calles mejor asfaltadas, minimizando en los trayectos la posibilidad de embarrar las llantas, ni siquiera las cubiertas debían llegar sucias. Pensaba sobre todo en Borjita, el chaval sería el primero en salir a reflejarse en la pintura metalizada de la carrocería, se vería en ella como en un espejo de pulcritud y ante todo lo vería a él, su padre, como ejemplo de español triunfador que no ahorra en desplegar orgullo y poderío. No obstante, pensaba también en su esposa Menganita, ella no toleraba ninguna suciedad o desperfecto cuando se trataba de un coche de alta gama, nada que pudiera desmerecer la elegancia de conducir un Mercedes. Porque, en definitiva, era ella la última en dar el visto bueno, no podía defraudarla en un día tan importante, el del estreno.

La primera vez que Renato había comprado un coche a estrenar fue cuando recién casados, allá por mediados de los setenta, siendo el vehículo adquirido un Simca 1200. En aquella ocasión, Renato salió del concesionario para dirigirse en primer lugar al bar donde se encontraba con sus amigos. Allí se tomó con ellos varias rondas de coñac en celebración de tan feliz jornada. Después continuó el camino a casa. Aquellos eran otros tiempos, había relativamente pocos coches de alta gama y él conducía un auto de poca clase, pero es que además no había controles de alcoholemia y no era raro que la propia Guardia Civil invitara a tomar pacharán a los conductores en las cafeterías al lado de las gasolineras. Fue así como, cuando aquel día Renato paró a repostar, una pareja de guardias le invitó a beber unas rondas de licor de bellotas. Renato no podía hacerles el feo de negarse y no se negó, sino al contrario, aceptó encantado, pues el tema de conversación entablado versó justamente sobre lo moderno que era el Simca 1200. De hecho, el teniente había comprado uno igual, motivo por el cual la plática se alargó un buen rato, el suficiente para que cayeran varias copas. Luego Renato continuó su camino a casa, pero antes paró a tomar un cubata y de paso a mear. El establecimiento escogido fue una cafetería frecuentada por los agentes de la policía local, muy cerca de su cuartel. Renato entró y saludó sin más, pero uno de los policías se fijó en él y quiso entablar conversación. Se daba el caso que este policía también había comprado recientemente un Simca 1200 y no pudo por menos que preguntarle a Renato cómo de contento estaba con la compra. De nuevo, tras varias rondas, ahora de ron-cola, Renato se despidió de su nuevo amigo confidente en asuntos del motor, y continuó su periplo de vuelta. Pasado el tiempo, ahora siendo responsable de su sobriedad, Renato aún recordaba cómo aquel día del estreno del Simca 1200 había llegado a casa ciego de alcohol, en una vuelta que resultó ser una auténtica odisea, sobreviviendo al consumo desenfrenado de toda clase de bebidas a cada cual con mayor graduación y en un ambiente de camaradería y juerga con los propios agentes de tráfico. Tan solo un pequeño raspón en el retrovisor al aparcar en la plaza de garaje fue el único percance de un estreno sin duda arriesgado. Desde entonces, Renato no le volvió a dar ninguna oportunidad a la mala suerte en día de tan buenos auspicios como el del estreno de un coche nuevo. Tampoco Menganita se merecía el más mínimo disgusto.

La última carta II (1992)

Admirados creativos publicitarios. Mi nombre es Renato Borja. Me apresuro por la presente a dirigirme a ustedes en loor de felicitación por la gran labor propagandista que hace vuestra agencia en pro de la clase media tecnológica para tenerla al corriente de todo aquello que le suponga un mayor bienestar material. Por mi parte, no tengo duda de la importancia artística de los anuncios televisivos, expresión sublime de la era pop y vosotros los publicistas, los nuevos sacerdotes de la religión de masas, sois quienes anunciáis la buena nueva del bienestar tecnológico con la dote litúrgica del confort y quienes transformáis en necesidades perentorias caprichos de vanagloria, siendo este vuestro verdadero arte. Pero esta carta sírvame también, además de sincera alabanza, dc descarado atrevimiento al fin de pediros la promoción de mi propia familia, retrato modélico, en mi humilde opinión, del público al que van dirigidos vuestros artísticos spots. Mi chaval, el Borjita, a sus dieciséis años es un adolescente amante de todos los cachivaches tecnológicos y mi esposa, la Choni, es la imagen ideal de feminidad y felicidad electrodoméstica. En definitiva, soy el padre de familia de un hogar con alta capacidad de consumo y en permanente renovación de la tecnología usuaria dirigida al gran público. Por lo que respecta a mí, les envío un vídeo acompañando esta carta, en que mi hijo rueda distintas tomas de mi elegante conducción al volante del último coche comprado por la familia, una conocida y envidiada berlina de alta gama con la que hacemos rodajes de aficionados en las carreteras de la sierra. Ni que decir tiene que quisiera pasar de la simple afición a la profesionalidad, convertirme en un actor de vuestra agencia, especializarme en la publicidad de coches de alta gama de las mejores marcas. Así pues, sin más, pero esperando una rápida respuesta, aprovecho para saludar al director artístico de la agencia, el señor Angélico Cámara Lenta. (Tras la respuesta). Estimado señor Angélico, me complace que la agencia me haya escogido para rodar el *spot* del nuevo Ford Orión. Hubiera preferido protagonizar el rodaje del nuevo Mercedes de la serie 40, no obstante, acepto de buen grado rebajarme a conducir un Ford si con ello doy el primer paso hacia objetivos publicitarios superiores. Por lo pronto, ya he comenzado a leer el extraño guion explicativo del *spot*. Todo en el anuncio ha de sugerir confort y conformidad en un entorno donde la carretera aparece vacía y los gestos de bienestar de los ocupantes del vehículo se ralentizan en el tiempo.

Ahora bien, me gustaría saber dónde guardan ustedes los aceleradores gravitatorios que doblan el espacio-tiempo, para ralentizar el tiempo de tal manera que a los espectadores televisivos les parezca que la acción del *spot* transcurre a cámara lenta. A partir de las secuencias que promedian los veinte segundos del anuncio, yo mismo me he permitido realizar algunos cálculos. Así, por ejemplo, para una velocidad de moviola del 0,01 % respecto a la velocidad de la luz, el tiempo se dilatará en la misma proporción que el gesto de una mujer joven y moderna se ralentiza en una escena a cámara lenta en la cual la susodicha mira con enamorado orgullo al marido, que conduce seguro de sí mismo por una autovía sin más coches que el modelo anunciado. Los datos extraídos de mis propios cálculos indican una capacidad de ralentí gravitatorio sólo posible de lograr mediante un acelerador del tamaño de un avión comercial. Pero no hay en España un hangar tan grande que no llame la atención. Para todo descargo, no obstante, asumo el contrato publicitario en todas sus cláusulas, incluidas las que me obligan a guardar secreto respecto al efecto relativista del tiempo conseguido en los rodajes del anuncio, como también a no desvelar la ubicación de los aceleradores gravitatorios, sea todo en pro del mundo feliz representado en los *spots*. Aprovecho finalmente para agradecer a la agencia la elección de mi chaval, el Borjita, entre los candidatos a protagonizar un anuncio de refrescos. Le aseguro, señor Angélico, que no se arrepentirá si él aparece como el primer figurante en todas las escenas. Un saludo.

La última carta III (1993)

Camarada Patricio Borja. Primero, felicitarte por el éxito del atentado contra la agencia de publicidad del señor Angélico Cámara Lenta. A lo seguido, compadecerme de que en la cárcel el tiempo pase tan lento. Por último, comunicarte que aquí en la calle todo cambia veloz. Han aparecido como gran novedad terminales telefónicos móviles del tamaño de un maletín de guerra. Los terroristas podríamos utilizarlos para coordinar mejor nuestras operaciones, es de pensar, pero con igual fin puede hacerlo la policía y rastrear nuestros movimientos y comunicados. Así, por tanto, nuestra organización seguirá comunicándose a través de cartas clandestinas. ¡Ah!, recuerda, el trozo de papel que estás leyendo se autodestruirá en unos segundos… ¡Viva… el general Ludd!

La última carta IV (2051)

Querida tía Fulanita. Ya con sentencia firme, habiendo sido condenado a la inmortalidad, ahora con todo el tiempo por delante y a sabiendas de que tú morirás antes que yo, desde mi celda provisional en el purgatorio me apresuro a relatarte mediante correos clandestinos los avatares de mi lucha contra la España heredada del desarrollismo y el populismo franquista. La primera vez que fui condenado se debió a la acusación probada de mi participación en un atentado mortal en los estudios de una agencia de publicidad. Ahora, pasado más de medio siglo, he sido condenado por un delito de odio contra los sentimientos españolistas, figura penal que sirve para censurar las críticas negativas hacia las tradiciones populares españolas, como la odiosa tauromaquia. Todavía desconozco dónde anclarán las mazmorras de mi eterna prisión, pero sería un alivio para mi alma tener un ventanuco abierto a lontananza a través del cual mis ojos biónicos pudieran ver en el horizonte la imagen áulica del toro de Osborne. Aquí, en las dependencias del purgatorio, tan solo dispongo del papel higiénico que limpia los pecados, del que siso canutos con rollos a medio terminar para usarlos como soporte de mis correos. Ya dispongo del suficiente para poder narrar mi vida en la clandestinidad en forma de sucesivas entregas que te haré llegar antes de que mueras. Será una narración novelada y mi alter ego un tipo sin nombre al que llamaré «el terrorista despistado».

El terrorista despistado

De paseo por la ciudad, el terrorista despistado deambulaba sin mayor beneficio para su instinto asesino que matar el rato. Viendo lo inútil de tan falaz pretensión, decidió matarlo entrando en una cafetería cuyos clientes esperaban a ser atendidos en una clínica de medicina alternativa sita al lado. Su problema de salud era la fiebre terrorista, afirmó ante las preguntas del camarero, quien, a su vez, había supuesto estar ante un cliente más en espera de una cura. La fiebre terrorista era una de las especialidades del curandero, pero, informado por el mismo camarero, el terrorista despistado supo que el tratamiento era caro y no estaba asegurada la cura sin el riesgo de efectos secundarios desconocidos aún no tratados por la medicina convencional. Apuró el café y se fue sin más satisfacción que haber matado un poco el rato hablando con un camarero bien informado. Tras cuatro patadas al aire, y a solo unos metros de la primera cafetería, había otro establecimiento donde, de nuevo, vio ocasión de seguir matando el rato. Esta vez era una especie de taberna inmunda, lugar habitual de concilábulos luditas para preparar acciones terroristas contra la República Dataísta. El objetivo de aquella reunión con tintes políticos era establecer un plan con el fin de destruir una granja de datos, más concretamente algún establecimiento dedicado a guardar bases de códigos con los datos laborales de los trabajadores disponibles en el mercado de los recursos humanos. Igual que los luditas originales, impelidos a la violencia por la miseria generada en el inicio de la era industrial, estos luditas de la era robótica eran perdedores sin más que ganar que el tiempo dedicado a conspirar contra un sistema del que habían sido excluidos. Ellos eran unos pocos activistas, pero en realidad había millones de parados expulsados del mercado por la creciente implantación de la inteligencia artificial en todos los niveles de la cadena productiva. A diferencia de los luditas del siglo XIX, en el nuevo escenario, atacar a las máquinas no tenía sentido ya que su capacidad de replicación era exponencial, pero sí lo tenía atacar las granjas de datos, las piezas clave del tinglado dataísta; es decir, había que pulverizar el sostén físico del sistema para desconectarlo *sine die.* […]. A oídas de las palabras conspirativas conjuradas en el conciliábulo tabernario, el terrorista despistado advirtió que los reunidos planeaban un ataque aéreo con una moto voladora que haría de transporte y arma a la vez, siendo el objetivo una granja de datos ubicada en el polígono tecnológico de un pueblo perdido en medio de unas solitarias parameras; sin embargo, parecía que ninguno de los conspiradores estaba dispuesto a inmolarse en un atentado necesariamente suicida. Entonces fue cuando el terrorista despistado intervino en auxilio del grupo, aprovechando la oportunidad para demostrar que él era el candidato perfecto a tenor de su dolencia crónica, la fiebre terrorista, padecimiento del que no podía curarse porque era inmune a las vacunas reguladoras de los marcadores biológicos inhibidores del desprecio por la vida propia, siendo además inmune a los tratamientos potenciadores de la alegría de vivir; les confesó también haber hecho objeción de conciencia a la felicidad inducida por el sistema sanitario mediante la farmacopea. Por último, les habló de su currículo como terrorista antitaurino en cuanto que era responsable del derribo de varias vallas del toro de Osborne repartidas por distintas carreteras de la red viaria, y aunque los luditas no participaban de la causa antitaurina, ni veían razón alguna para derribar el tótem publicitario que en España se encarama a los oteros, no dudaron en ganarlo para su propia causa. (…) Lo primero era fijar un objetivo. Nada mejor que atacar una granja cliente de las grandes corporaciones, construida para guardar los datos médicos y genéticos de los empleados y filtrar sus posibilidades de acceso al mercado laboral según criterios preestablecidos por esas mismas empresas corporativas. El terrorista despistado no puso objeción alguna, para él lo importante era saber que el atentado supondría perder la vida tal y como la había conocido hasta entonces, es decir, a sabiendas de que algún día habría de morir; por contra a esa certidumbre necrológica, se había adscrito a un sistema operativo que le daba la inmortalidad en el ciberespacio, donde, una vez muerto, podría ser un terrorista sin horizonte temporal, incluso aunque tratara de inmolarse. Quería probar la efectividad del sistema cuanto antes y aquella era la ocasión perfecta. Para los luditas, escépticos por principio con las falacias tecnológicas, lo prometido por dicho sistema operativo, la inmortalidad ciberespacial, era imposible de probar, pero de nuevo dejaron a un lado las excéntricas afirmaciones del susodicho y siguieron con el plan. Para su ejecución había que elegir una fecha adecuada, pero también significativa. En una concesión inédita a las estadísticas, se escogió el 11 de septiembre de ese mismo año; era tanto como reconocer que dicha fecha es la más icónica para el terrorismo internacional y el mejor recordatorio de que torres más altas han caído. Sin embargo, esta vez el atentado no iba a ser en Nueva York, sino en un pueblo español llamado Navas del Caudillo. Allí asentaba una granja de datos de las características buscadas por los luditas, además de un polígono tecnológico altamente avanzado en medio de la nada. [...]. Llegado el día, el terrorista despistado estuvo en el lugar convenido. Introducidos los datos de navegación en la moto voladora, todo estaba preparado para emprender la acción, no sin que antes el decidido suicida les pidiera a sus compinches un paracaídas en precaución a algún error en el programa de vuelo, de tal que en lugar de dirigirse a las Navas del Caudillo terminara en cualesquiera otras de las muchas Navas habidas en España, fueran las del Rey, las de Riofrío o las del Selpillar, pues él sólo estaba dispuesto a perder la vida en las primeras. A los luditas no les quedó otro remedio que ofrecerle una estadística tranquilizadora; solo en una ocasión un motero volador con viaje programado de las Navas de Tolosa a las del Marqués, terminó en otras Navas, las de San Juan, siendo a los efectos un dato estadístico prácticamente despreciable, indicador de la alta fiabilidad de los navegadores por satélite. Así pues, ya pertrechado de paracaídas eyectable y con la estadística a favor, el terrorista despistado se dispuso a engrosar con su acción suicida la cifra de datos atribuible al 11 de septiembre en tanto fecha emblemática para sembrar el pánico. Ascendió sesenta metros en vertical y salió disparado en dirección al objetivo. […]. Llegó a Navas del Caudillo a última hora de la tarde con el reflejo del sol a sus espaldas, invisible a las cámaras de vigilancia de las torres gemelas que en el horizonte crepuscular marcaban con su enhiesta silueta el heraldo de la granja; torres de oficinas alzadas al viento en competencia con los vetustos molinos de aspas trasladados de la Mancha a aquellas Navas por orden del Caudillo hacía ya muchas puestas de sol. Ahora solo faltaban unos minutos para que el ocaso culminara, así que, aprovechando los últimos rayos, atraído por el movimiento hipnótico de las aspas molineras en su danza caleidoscópica, el terrorista despistado decidió acercarse a los molinos para divertirse haciendo cabriolas con la moto voladora a su alrededor; se trataba de un último deleite antes de inmolarse por la causa ludita. Por desgracia, una súbita ventolera se produjo justo cuando pasaba por entre los edificios molineros, haciéndole perder el control de la moto y quedando atrapado quijotescamente en una de las aspas tras haber eyectado el paracaídas. Un accidente de una torpeza supina que no pasó desapercibido. El accidentado hubo de dar explicaciones de lo ocurrido a los agentes de la Benemérita Corps que fueron a rescatarlo. Según el atestado oficial, los rotores de la moto habían fallado debido a un efecto de remolino ventoso inducido por los aspavientos molineros en las corrientes de aire cuando se produjo el siniestro, y en verdad que eso fue lo que ocurrió amén de las explicaciones dadas por el presunto interfecto. Fuere que lo dejaran marchar, pensando en su propia suerte, aun habiendo salido absuelto del sumarísimo interrogatorio, el terrorista despistado no podría ya perpetrar el atentado; destrozada la moto tras haber caído al suelo desde cuarenta metros, ya no había posibilidad de arreglo antes de la espera de otro 11 de septiembre. Solo quedaban dos horas para que fuera 12 de septiembre; ni esta era una fecha emblemática para el imaginario colectivo con relación al terrorismo ni la moto estaría lista al día siguiente debido a los múltiples destrozos. Además, había perdido las alforjas portadoras del grafeno con que pretendía interferir las ondas electromagnéticas antes de estamparse contra los acristalados ventanales de las torres gemelas guardianas de la granja. El plan fue definitivamente abortado. Así pues, tendría que permanecer en el pueblo hasta el siguiente 11 de septiembre, siendo la estancia costeada por sus compinches luditas a condición de ser su espía en el polígono tecnológico, donde asentaban varias empresas punteras en bioingeniería. Para facilitarle el trabajo le conseguirían una acreditación falsa como ingeniero genético en una empresa dedicada a la clonación humana, su coartada sería la de supervisar la calidad de las ediciones genéticas destinadas a la clonación a escala industrial de españoles inmortales, tales como Francisco Franco o José Antonio. Lo cierto es que el secretismo de las investigaciones biogenéticas requería la implantación de sus industrias punteras en lugares alejados de los grandes núcleos urbanos, entre otras razones porque, debido a la robotización, ya no era necesario construir barriadas proletarias al lado de las fábricas. Navas del Caudillo era un vacío urbano perfectamente adecuado para este propósito, un pueblo en medio de la nada cuyo horizonte rural se rompía abruptamente por la presencia inquietante de un polígono de corte futurista. Los lugareños ignoraban en gran medida las actividades experimentales llevadas a cabo en el interior de los edificios. En el pueblo corrían rumores sobre avistamientos de engendros que vagaban por las veredas de las afueras, niños de ojos negros con gran parecido al niño que fue Franco a los seis años. Rumores que obedecían al hecho cierto de que, en el polígono, una empresa de bioingeniería experimentaba con una técnica de clonación inusitada consistente en replicar genéticamente a ciertos personajes históricos a partir de personajes de dibujos animados con similitudes fisiológicas, como era el caso de Franco y Esteve, de la serie Padre de Familia. En realidad, se trataba de una especie de fábrica de clones de Franco editados a la carta para el creciente mercado nacional de la adopción infantil, habiendo, como ocurre en toda fabricación en serie, productos defectuosos. [...]. El terrorista despistado, haciendo las veces de científico sabio pero cercano a los legos, se presentó en los bares del pueblo como un parroquiano más, al que gustaba la cultura popular de recia raigambre española, especialmente los festejos tau-

rinos, pero además mostraba interés por la monumen-
talidad representativa de esa misma cultura, como era el
gigantesco toro de Osborne instalado en la plaza mayor.
Así, de tanto querer saber, los parroquianos del pueblo
supusieron de tal interés estar ante un hombre que además de sabio, también era un gran aficionado a la tauromaquia, proponiéndole ser miembro del comité de
festejos, lo cual aceptó a su sino para no levantar sospechas y tener la oportunidad de infiltrarse en las filas
enemigas. Efectuaría un doble espionaje, en el polígono
en favor de la causa ludita y a mayores, para su propia
causa, anticipándose a los preparativos de las fiestas locales. Las principales, las dedicadas al santo patrón del
pueblo, eran en julio en la semana del día 18 y en con-
memoración del alzamiento nacional protagonizado en
1936 por Franco, que a la sazón había sido beatificado
como salvador de España. A cada miembro del comité
de festejos le tocaba alguna tarea en pro de las fiestas
patronales a medida que se acercaban. A él le fue enco-
mendada la tarea de pedir el aguinaldo para el santo
patrón con el fin de financiar la compra de los morlacos
para los encierros de ese año. Este encargo se presentó
como una gran oportunidad de infiltrarse y conocer
desde dentro el mundo de los aficionados taurinos. El
terrorista despistado decidió aprovechar la ocasión para
preparar un atentado antitaurino el mismo día 18 de

julio, salvaguardando, no obstante, el compromiso adquirido con los luditas para el 11 de septiembre. Es más, estos le conseguirían los explosivos que a él le servirían para reventar el monumento al toro de Osborne habido en la plaza mayor del pueblo, cuyos cimientos albergaban un sótano donde colocar una potente carga de dinamita. Empaquetada en pequeños bloques como si fueran paquetes de levadura, la carga explosiva pasaría por ser, ante los guardias de entrada al polígono, simple material embalado destinado a algún experimento. Mediante un fideicomiso falsificado de una empresa dedicada a servir levadura para lograr la transustanciación del pan en el cuerpo de Franco, los luditas le enviaron sin levantar sospechas los doscientos kilos de dinamita necesarios para demoler el totémico monumento en la fecha señalada. [...]. Eran primeros de julio; los científicos estaban de vacaciones, la mayoría en simposios relacionados con sus especialidades, lo cual daba al terrorista infiltrado una libertad de movimientos perfectamente compatible con la máxima discreción a la hora de adelantarse a sus propios objetivos. Llegado el día 17 había que hacer lo más arriesgado, debía trasladar la dinamita desde el polígono hasta el sótano del monumento al toro de Osborne. Afortunadamente, ese mismo día el comité de festejos le encargó la tarea de trasladar al sótano las cajas de artefactos pirotécnicos que se usarían al día siguiente en

las salvas al santo patrón. Camuflar entre ellas la dinamita resultó un sencillo juego de niños una vez la sacó
fuera del polígono con su propio coche sin levantar la
sospecha de los guardias. Todo iba bien, pero mientras
conducía camino de la plaza del pueblo cayó en la cuenta de que no tenía forma de detonar la dinamita a distancia, se había olvidado de ese importante detalle
preparatorio del atentado y, por tanto, tendría que im-
provisar. Enseguida encontró una posible solución.
Pensando en preparatorios de atentados como en juegos
de niños para adultos peligrosos, llegó a la conclusión
de utilizar precisamente la ingenuidad de un niño para
encender *in situ* la mecha que haría detonar la explosión.
Y cuál mejor que un clon del Caudillo de los desecha-
dos del mercado por algún error en la edición genética.
Dado que él no podía inmolarse hasta el 11 de septiembre según lo acordado con los luditas, sería un replican-
te del niño Franco quien perdería la vida en el atentado
siendo el ejecutor de la detonación. En el momento de
la explosión él estaría en el bar de la peña taurina para
mayor verosimilitud de su coartada cuando fuera inves-
tigado. Esa misma tarde se dirigió al orfanato donde una
congregación de monjas custodiaba los clones defectuosos del Caudillo, niños de hasta seis años editados genéticamente a partir del ADN de la momia de Franco,
cuyas taras resultaban incompatibles para la adopción

convencional pero no para la adopción piadosa. A sabiendas de que el propio alcalde de Navas del Caudillo ya había adoptado un clon defectuoso del Caudillo, de una edición en que las criaturas hablaban castellano con marcado acento gallego, el terrorista despistado se presentó en el orfanato asegurando a las monjas venir en su nombre con la misión de adoptar otro Franquito huérfano. El engaño surtió efecto, las monjas no dudaron de la piedad del alcalde ni de que el solicitante fuera quien decía ser, así pues, le dejaron escoger según la supuesta preferencia del alcalde. Gracias a esta argucia, pudo llevarse a un niño que las monjas detestaban por su tendencia a prender fuego al más mínimo descuido. Lo sacó del orfanato el mismo día 18, solo una hora antes de perpetrar el atentado. El Franquito elegido tenía el número de edición FF18J36 y había sido encargado originalmente por el alcalde de Navas del Cid. Sin embargo, por un error en la transcripción genética el clon, no se ajustaba a las especificaciones hechas por dicho edil, pues el bebé incubado en lugar de tener los ojos azules y ser pelirrojo como el mítico don Pelayo, los tenía rojos y había nacido con un extraño cabello de color azul marino. Verlo era estremecerse de espanto; sin embargo, detrás de su aspecto monstruoso se escondía un niño vivaz en absoluto carente de inteligencia e iniciativa; no hacía preguntas redundantes y parecía estar encantado de salir a pasear con un extraño que le llevaba a ver unos fuegos artificiales, tal y como le prometió el terrorista despistado de camino a la plaza mayor del pueblo. Al llegar a sus inmediaciones bajaron del vehículo para enseguida dirigirse a la cripta del monumento. Desde dentro se oía el cercano resonar de los pasos piadosos de la procesión que en andas llevaba al santo patrón gracias al esfuerzo de sus costaleros. Con la misma parsimonia sacramental que si fuera el Cristo de la Legión, levitaba a sus espaldas la talla del excelentísimo Caudillo, devenido en santo por la gracia de Dios. Sonaban solemnes los tambores, cuando de pronto, a su acompasada sonoridad, un potente estruendo se superpuso resultado de la onda expansiva acompañante a la explosión, saliendo disparada una ráfaga de escombros de hormigón armado seguida de lacerantes planchas de chatarra que hicieron horribles estragos por doquier; las vísceras desparramadas de la multitud concentrada en la plaza tiñeron de rojo el hermoso paso procesional convirtiéndolo en un espectáculo dantesco. Aquel 18 de julio un terrible zarpazo terrorista acababa de aguar la fiesta en un pueblo español denominado con el sacrosanto pronombre del Caudillo. De nuevo, un ataque debido al desprecio a la afición taurina y al furibundo odio al eterno remanente de franquismo en España había golpeado sin miramiento alguno. [...]. Acabada la apocalíptica jornada, el terrorista se retiró a pensar. A su pesar, era menor la inquietud por la posible comisión de errores que lo delataran que la sentida por haber sacrificado a un niño al que había empezado a coger cariño. Peor aún, los investigadores acabarían encontrando también las vísceras de la criatura dentro de la cripta, y de ser identificado sería una prueba incriminatoria contra él. Cuál no sería su sorpresa al día siguiente, cuando lo encontró vagando por una vereda de las afueras. Pero, ¿cómo era posible? El niño no pudo salir por la puerta, pues la había trancado tras pedirle que encendiera la larga mecha detonadora de la dinamita. Sin embargo, allí estaba, tan vivaracho como el día anterior, viniendo hacia él sonriente y pletórico, entusiasmado por poder contar la aventura que durante la noche había vivido; la excitante experiencia de haber pasado tanto tiempo jugando al escondite. Como un padre perplejo ante los avatares de un hijo travieso, el terrorista oyó el relato del niño Franquito atentamente; antes de producirse la explosión el chaval huyó por un colector de desagüe hasta dar con un regatillo lejos de las casas del pueblo; la noche la había pasado en una madriguera de conejos desde la que decía haber oído el ruido de pasos que crujían la maleza, seguramente los de agentes que habían ido a inspeccionar la salida del colector. Así pues, muy oportunamente, el chico no sólo había burlado a la muerte, también a la policía. Nadie, excepto las monjas del orfanato, tenía constancia de la salida del niño. Con respecto a él mismo, pronto corrieron rumores acusándolo de una posible negligencia a la hora de guardar los artefactos pirotécnicos; en cualquier caso, tenía coartada y nadie lo acusaba por ahora de haber cometido un acto premeditado. La Benemérita Corps, obedeciendo ciegamente el principio de función de onda como fundamento probabilístico para la resolución de una ola de crímenes, comenzó la investigación atribuyendo el atentado a las Brigadas Antitaurinas, grupo terrorista responsable de acciones semejantes. El terrorista despistado no estaba fichado ni pertenecía a dicha banda, lo cual le permitió continuar con sus actividades aun siendo el principal sospechoso. [...]. Dos días después del atentado, el 20 de julio, se pudo por fin celebrar la jornada de duelo. La policía forense había recogido previamente los restos para la identificación de los cadáveres. Un total de cien personas, de las cuales veinticinco eran costaleros, todas ellas rejoneadas por esquirlas de chatarra herrumbrosa, además de varios cientos de heridos de diversa consideración que fueron golpeados por la violenta ráfaga de adoquines desprendidos del suelo debido a la onda expansiva. En el pueblo se oían comentarios que acusaban al consistorio de haber sido desmedido en las proporciones del monumento objeto del atentado, no solo porque era una diana fácil para el terrorismo antitaurino, sino también porque, de haber sido más pequeño, el número de víctimas habría sido menor. Con una cifra de muertos porcentualmente inferior (en lugar de cien, solo una víctima mortal), la tragedia vivida en Navas del Caudillo no aparecería en los informativos de todo el mundo y permanecería restringida a los noticieros locales. Pero un centenar era una cantidad demasiado llamativa. Los telediarios de los países de todos los continentes retransmitían continuamente las dramáticas escenas producidas en un pueblo remoto de la meseta ibérica, colocando a Navas del Caudillo en el centro del mapa mundial. El periodismo internacional, a raíz del atentado, comenzó a interesarse también por la sofisticada biotecnología desarrollada en el polígono. Por su parte, la Benemérita Corps estaba siguiendo una pista falsa dada por la reivindicación del atentado por parte de las Brigadas Antitaurinas y cuya probabilidad de certeza era del 99 %, según la descripción de la función de onda asociada a la ola de crímenes perpetrados por esta banda terrorista. No obstante, el verdadero autor fue interrogado ese mismo día 20. Sus datos de filiación y profesionales coincidían. La acreditación falsa proporcionada por los luditas al terrorista despistado no fue detectada como tal por los agentes, además el hecho de ser miembro de la peña taurina del pueblo le daba más autenticidad a su coartada. La escasa probabilidad de que un avezado y culto científico fuera aficionado a la fiesta nacional era el único dato contradictorio, pero esto no llamó la atención de la Benemérita Corps. Sus agentes robóticos trabajaban fundamentalmente con porcentajes estadísticos que describen inequívocamente la función de onda asociada a las olas de crímenes. Precisamente porque las Brigadas Antitaurinas habían cometido varios atentados seguidos en el entorno de Sierra Morena, las probabilidades de que el siguiente se perpetrara también allí había hecho que todos los dispositivos policiales desplegados al efecto estuvieran concentrados en sus cercanías. Sin embargo, lo más probable no es lo único posible, y el hecho de que Navas del Caudillo, a más de quinientos kilómetros de Sierra Morena, sufriera un atentado de semejante factura así lo demostraba. Aun todo, la cifra de muertos en Navas del Caudillo revelaba una incoherencia estadística respecto al número de víctimas mortales atribuibles a las Brigadas Antitaurinas en todas sus acciones anteriores. De cien atentados con un solo muerto, a un atentado con cien interfectos. Era un salto cuantitativo espectacular que quizá tuviera explicación en el hecho plausible de estar ante una nueva ola de crímenes de efectos mucho más devastadores. No podía ser casualidad que los terroristas activaran la bomba precisamente el mismo día y a la misma hora que la popular procesión dedicada al santo patrón de la localidad llegaba al lugar del atentado. Parecía claro el mensaje, era el momento de una escalada en la violencia, por la cual se pasaba de derribar vallas del toro de Osborne en los oteros al lado de las carreteras a hacerlo en espacios urbanos repletos de gente. Con ello, las Brigadas Antitaurinas se apuntaron un tanto que no les correspondía, retardando, empero, la investigación oficial al no encontrar la Benemérita Corps pruebas contundentes que verificaran su autoría. [...]. Mientras tanto, la prensa internacional tuvo ocasión de fijarse en la industria biotecnológica desarrollada en aquel remoto pueblo español, incluida la práctica del infanticidio de bebés clonados que no encajaban con los estándares comerciales en el negocio de la adopción. Se trataba de una práctica espartana concebida en aras del transhumanismo para la mejora de la nación española. No era admisible, por ejemplo, que debido a errores en la edición clonada del Caudillo, España se llenara de clones de Franco que no dieran la talla. El Caudillo había sido el epígono de la España contemporánea, y seguía siendo el heraldo de un patrimonio de grandeza nacional que debía ser defendido y mejorado a toda costa. Debido a esta obsesión, el mercado de la clonación obligaba a la realización de continuos ensayos de mejora a partir del tejido orgánico de su momia, de los cuales unos salían bien y otros mal. Huelga decir que las leyes transhumanistas en vigor no coincidían en absoluto con las leyes humanistas anteriores al sistema dataísta; ya no se consideraba la vida obra natural o divina en cuanto que los productos biotecnológicos como los clones eran fruto de la manipulación genética. La edición genética permitía el diseño de unos hijos que ya no eran inequívocamente humanos, significando esto la necesaria eliminación de cualquier producto defectuoso a diferencia de la antigua humanidad piadosa para con los enfermos y tullidos. Superar la humanidad era cuestión de eliminarla y la industria de la clonación de personajes como Franco era a este respecto implacable. Solo la labor de rescate de algunas congregaciones de monjas era la excepción a esta regla tan cruel. Hacía tiempo que legislar en función del derecho a la humanidad había dado paso a hacerlo en función de superarla. La libertad que antaño había tenido la naturaleza de diferenciar a los individuos estaba siendo reemplazada por una poderosa industria de la edición genética, de diseño, cuyos rasgos fisiológicos en cada nuevo individuo eran prefijados a capricho del mercado. [...]. En el exterior, la prensa extranjera se hacía eco de las atávicas costumbres populares españolas. La de adoptar clones replicados a partir del material genético de momias como, y en especial, la de Franco

había sido la última incorporación a las modas patrióti-
cas de mediados del siglo XXI. El mismo alcalde de la
muy gentil villa de Navas del Caudillo tuvo la oportunidad de contar a los periodistas extranjeros su propia
experiencia concediendo entrevistas a propósito. En ellas
no hacía reparo al encanto de su hijito adoptivo, al que
llamaba con el mismo apodo del Caudillo en sus años
de escolar rapaciño, Bahamondito, de voz aflautada tan
salada como la del afamado Joselito de la época del tri-
no pardalero, un niño con mucho gracejo, les decía a los
reporteros exultante de orgullo paterno. [...]. A mediados de agosto, la Benemérita Corps hizo una visita ru-
tinaria al orfanato de las monjas. Tras algunas pesquisas
al inventario comprobaron que faltaba el clon FF18J36,
supuestamente adoptado por el alcalde, pero en realidad
secuestrado por el terrorista despistado. Interrogado el
edil a fin de esclarecer el verdadero paradero del crío, al
envés de una mentira, y pensando en vender nuevas
exclusivas a la prensa extranjera, asintió a las preguntas
de confirmación hechas por los agentes. Gracias a esta
inesperada coartada el terrorista despistado pudo hacer
del equívoco la ventaja de su juego, mantuvo secuestrado al crío en su beneficio a posta de utilizarlo en la fecha
del previsto 11 de septiembre. En el pueblo no pasó
desapercibida la visita policial al orfanato. De nuevo
surgieron rumores sobre engendros producidos en el

polígono que ni las monjas podían exorcizar, niños maléficos concebidos por un científico loco de cuyos tubos de ensayo y lóbregos matraces habrían salido clones del Caudillo con inclinaciones destructivas hacia los símbolos de la patria. La Benemérita Corps era consciente de la necesidad de no realizar actuaciones que la opinión pública pudiera perjudicar o malinterpretar, debiendo utilizar para ello a alguien que desde dentro del polígono les diera información confidencial. Nadie mejor que el insospechado científico miembro de la peña taurina, el mismo terrorista despistado que ya espiaba para los luditas y que por una nueva paradoja del destino ahora lo haría también para la policía. Sin embargo, semejante secretismo unido a la imparable bola de rumores sobre la supuesta creación de un clon del Caudillo diseñado genéticamente para convertirse en el anti-Franco terminó por ser objeto de un reportaje por parte de un prestigioso programa televisivo de investigación periodística. Realizado con un enfoque visual deliberadamente tenebroso y acompañado de una banda sonora de notas ominosas, el reportaje dejó temblando a media España cuando el día 17 de agosto fue emitido por primera vez. La prensa sensacionalista encontró en las supuestas prácticas biogenéticas habidas en el polígono de las Navas del Caudillo un filón inagotable. El día 18 los medios de todo el mundo abrieron sus espacios, a cada cual más escalofriante, con titulares de tintes escatológicos del tipo «el anti-Franco ya ha nacido, se acerca el fin de los tiempos». La histeria colectiva se apoderó del planeta. El anti-Franco se manifestaría como un holocausto nuclear, esa era la leyenda urbana, y lo haría el próximo 11 de septiembre según un bulo rápidamente difundido por las redes sociales, noticia que corrió como un reguero de pólvora haciendo que el pueblo se llenara de amigos del fin del mundo a la espera de la fecha señalada. [...]. A principios de septiembre, la mayoría de los científicos y bioingenieros ya había vuelto. Era el momento de implementar el espionaje. Como miembro elegido para presidir un comité interdisciplinar auspiciado por el Instituto para el Estudio de la Idiosincrasia Española, el IEIE, compuesto por expertos en física de partículas y entendidos en tauromaquia, el terrorista despistado tuvo acceso a la preparación de varios experimentos inverosímiles, entre los cuales el más propicio para la realización de sus fines terroristas consistía en crear materia altamente volátil a partir de expresiones metafóricas. El día 6 de septiembre le fue mostrado un modo de sintetizar pólvora basado en la semántica alusiva a dicho material explosivo. Aquel era un invento prometedor, más teniendo en cuenta el potencial del refranero español. Si de la expresión «una noticia que corre como la pólvora» se podía obtener pólvora, qué no se podría obtener de expresiones semánticamente mucho más potentes; debía dar con algún adagio o proverbio con tanta energía que pudiera obtener algún material altamente radiactivo, por ejemplo, plutonio, el suficiente para que unos pocos gramos produjeran un holocausto nuclear. Podría utilizar un generador termoeléctrico de radioisótopos con el que lanzar neutrones al interior atómico del plutonio y producir una explosión apocalíptica. Habilitaría al efecto el acelerador de partículas financiado por el IEIE en el polígono del pueblo, al cual tenía acceso en cuanto presidente del comité. Al menos en teoría, ya solo le quedaba encontrar una expresión alusiva a intercambios violentos de energía. Pensando en ello, halló aquella que le pareció la más evidente: «A Dios rogando y con el mazo dando», en donde Dios y energía son intercambiables en la medida que siempre se conservan, siendo el mazo justamente el instrumento del intercambio energético atribuible a la potencia semántica del verbo divino. Ninguna otra expresión se prestaba a una ecuación tan fácil de probar mediante un experimento en el acelerador de partículas, primero aparecería la partícula de Dios creando un campo de masa y enseguida se formaría el material fisible listo para ser bombardeado con neutrones. [...]. Por fin llegó la víspera del 11 de septiembre. Apurando su plan, a las diez de la noche se presentó en el bar de la peña taurina. Tras los saludos de rigor a los parroquianos se sentó junto a una partida de cartas, conectando un sofisticado sensor de bolsillo a la espera de captar la susodicha expresión refranera entre la charla cacofónica de los jugadores. A la once en punto un tal Petronilo el butanero exclamó la frase en el contexto de una emocionante jugada: «La sota de bastos es como mi parienta, a Dios rogando y con el mazo dando, es la mejor mano para la subasta». De inmediato el sensor se excitó y envió una señal al acelerador de partículas para que se iniciara el proceso de creación de plutonio. De vuelta en el polígono pudo comprobar el éxito del experimento, se habían generado veinte gramos, cantidad suficiente para arrasar las Navas del Caudillo, el polígono con todas sus instalaciones incluida la granja de datos y todo lo habido a cincuenta kilómetros a la redonda. Al filo de la media noche, ya en su domicilio, hizo un pequeño repaso de los detalles preparatorios del atentado. Esta vez sí contaba con mando remoto hasta una distancia de cien kilómetros, el doble del calculado para la onda expansiva. Por último, envió un mensaje a sus compinches luditas, advirtiéndoles de que se mantuvieran a la distancia debida. […]. Aquella fue para él una noche de sueños agobiantes, de delirios oníricos relacionados con hongos atómicos y arrasadoras tormentas de fuego. Cuando a las ocho se despertó, se levantó con una sensación molesta, la propia de quien sabe que va a cometer un acto que acarrea la muerte de víctimas colaterales, y no era en la gente en quien pensaba, sino en las ratas de alcantarilla, roedores que, al fin y al cabo, no tenían culpa alguna de los conflictos humanos. Aun con todo, estaba decidido a seguir con el plan como si de una misión trascendente se tratara. Tan solo sentía una inquietud de última hora, el sacrificio del niño que tenía secuestrado, al que había cogido tanto cariño como el de un padre amantísimo. Llegadas las diez encontró una solución al dilema, dejaría que el azar decidiera su suerte. Se llevó al crío hasta Navas de Bureba, a cien kilómetros de las Navas del Caudillo, una vez allí puso en modo automático el automóvil e introdujo en el navegador la ruta de vuelta por la autopista que las conectaba, dejando solo al niño en su interior, esperando que apretara el botón del detonador causante de la explosión atómica. Si lo hacía antes de alcanzar la onda expansiva viviría, si no, perecería. Justo a las doce del mediodía, tras haberle prometido que se trataba del juego del botón rojo, el terrorista configuró la velocidad promedio del piloto automático para que pasada media hora el coche estuviera dentro del radio de acción de la onda expansiva. Una vez partió, la suerte estuvo echada. A las doce y media un fulgor cegador en la dirección de Navas del Caudillo le dio al horizonte un brillo característico. Era

el resplandor de una luz cegadora que venía acompaña-
da de una onda destructiva, tan arrasadora que barrió
todo cuanto se encontraba entre las Navas del Caudillo
y las de Tolosa. España había sido parcialmente destruida en un 11S sin precedentes.

La última carta V (2068)

Amado José Antonio. Hijo mío. Con qué zozobra estoy viviendo estos mis últimos años. Tu hermano Paco parece que abominara de mí. No puedo expresar con palabras el dolor que siento, ni hay emoticonos de tan sutil representación que alcancen a expresar el pesar de mi alma, la angustia ardorosa del embargo que me produce saber que sin su amor habré fracasado como padre. No se lo digas a él, pero estoy componiendo un relato que seguro le gustaría, si no fuera porque nunca ha creído en mí. Versa sobre el amor, el amor a España, el amor a la nación. Sé que tú nunca has dudado de mí, pero Paco me tiene por un cínico, un vago que se pasó la vida holgazaneando mientras otros, los verdaderos españoles, se partían el pecho por España. Por si fuera poco desdén esta consideración infausta, también sospecha que no soy más que un terrorista frustrado superviviente de los años de plomo, nada menos que un reservista del movimiento de liberación vasco, cuando nada en mi genealogía me vincula con las tierras de los vascones. Si por él fuera acabaría condenado a vivir eternamente en la realidad virtual del NO-DO. Pero sé que tú tienes buen corazón, José Antonio. Espero que cuando veas a Paco, le hagas saber que siempre le querré como a un hijo.

El reservista

El reservista estaba en su casa, tranquilo, sin nada que temer. Sabía, no obstante, que la Benemérita Corps lo consideraba sospechoso de haber sido simpatizante del movimiento vasco de liberación y por tanto de ser un «filoetarra» en la reserva. Esta sospecha se apoyaba en la documentación gráfica digitalizada del período de los años de plomo, en la que, a falta de pruebas gráficas que demostraran su presencia en los actos criminales de la época, sí las había que demostraban su ausencia en las manifestaciones condenatorias. Para su desgracia, suponía erróneamente que no haber acudido nunca a aquellas manifestaciones fuese un motivo para que lo investigasen. La Benemérita Corps acabó timbrando en su puerta, acusándolo de haber encubierto a un comando del susodicho movimiento. La documentación gráfica esta vez sí presentaba una prueba, pero era una prueba ambigua que además pertenecía a un expediente prescrito. En su momento ya había sido interrogado respecto a un servicio de taxi en el que supuestamente había trasladado en la ciudad de Gijón a un comando etarra y en cuyo informe el agente había hecho constar la escasa predisposición del interrogado a colaborar.

Años después, al expediente se le añadió el vídeo de una cámara de seguridad que ciertamente probaba la relación de aquella carrera con el desplazamiento de los etarras. Así pues, ahora los datos gráficos que lo inculpaban eran suficientes para proceder a su detención. Sin duda, algún algoritmo operativo en la base de datos con que operaba la Benemérita Corps había alertado previamente de otro caso de mal español, es decir, un español en la reserva de la mítica ETA. Al fin y al cabo, las leyes de la República Dataísta Española, la RDE, estaban basadas en la función de certidumbre asociada a las estadísticas, un sistema legal apoyado en la probabilística. Esta tenía perfectamente establecido cuál era la diferencia entre un buen español y uno que no lo era mediante un simple algoritmo binario. Franco significaba «SÍ» y ETA «NO». El cúmulo creciente de datos cruzados referentes a los españoles respecto a sus gustos y afinidades había hecho posible asociar a cada individuo una función de onda probabilística, que definía en cada momento su posición una vez elevada al cuadrado. La función de onda del reservista lo había llevado a la clandestinidad de su domicilio inviolable, hasta que el algoritmo binario determinó su detención. El código penal de la república dataísta catalogaba a los buenos españoles basándose en los datos del NO-DO. Algo lógico en la medida que la ideología franquista era la que más datos ofrecía al respecto. La lógica calificadora era la misma para definir a los malos españoles; aquellos cuyos datos vitales tenían algo que ver con la ETA, incluso como cuando en el caso del reservista la única prueba fuera coincidir por puro azar con un comando etarra mientras realizaba su trabajo honradamente, pasaban a ser inmediatamente sospechosos. El reservista hacía mucho que no usaba la red para poder pasar lo más desapercibido, pero el sistema se actualizaba constantemente y su rostro captado por una cámara de seguridad varias décadas atrás, asociada a las caras de los sanguinarios etarras, era indistinguible de la de sus acompañantes terroristas durante la carrera por Gijón. En el registro de su domicilio, la Benemérita Corps encontró un manuscrito en papel de título *Computa España*. Al escribirlo estaba cometiendo tres delitos a la vez; por usar papel ilícitamente, por no escribir en línea según prescribía la ley y por el contenido netamente doloso del escrito, un contenido que cualquier administrador de texto homologado borraría de inmediato. Era un ciento de páginas cargadas de odio hacia España, lo cual constituía un cuarto delito punible con el mayor de los castigos, dado que el delincuente se jactaba en el relato de lo muy divertido que es ultrajar a la madre patria. Divertirse a costa de denigrar a España, aunque fuera en la intimidad del hogar y sin conexión alguna con el exterior, estaba tipificado como el más aberrante de los crímenes. Cuando semejante juego al solitario era descubierto no había piedad para el reo. Sobre el reservista recayó una larga condena de reclusión en un centro para la reeducación de los malos españoles. Cuál era el problema si un viejo nacido en la era predigital mataba el aburrimiento escribiendo de forma ilegal, aparte de la propia transgresión a la ley vigente. ¿Existía acaso la posibilidad de que la civilización colapsara y que por una remota casualidad el texto de *Computa España* fuera lo único que se salvase de la destrucción? En tal caso, lo que *a priori* era el pasatiempo literario de un viejo solitario en su casa, podía convertirse en una cápsula del tiempo testimonial de un mundo perdido. Qué pasaría entonces con el concepto España si dicha cápsula fuera el relato del reservista. Todo se reduciría a Franco o la ETA, y de esa dicotomía fundamental se seguiría todo lo demás. Pero cómo deducir de un solo relato la historia de un país que se pretende inmortal; cómo separar el relato del creador del relato y en qué lenguaje aún por venir analizar su intención. El sistema ya tenía la respuesta. El caso del cofre salvado como cápsula del tiempo era hipotético, lo mismo que el resultado de toda estadística; siempre podía ocurrir lo más improbable y no era admisible menospreciar la remota posibilidad de sucesos tales como la preservación de escritos denigratorios contra España del tipo de los del reservista, los únicos conservados de una civilización perdida. El reservista fue acusado de jugar a la lotería con la historia de España al escribir *Computa España,* relato que de sobrevivir en exclusiva al fin de la civilización occidental, daría al futuro una visión de la nación igual de negra que la leyenda negra. Fue condenado a la inmortalidad. Mientras España siguiera existiendo, él también.

El inmortal

Siempre recordaré con la angustia del ser que ha perdido lo más valioso a poseer el día que por mis acciones terroristas de senectud fui condenado a la inmortalidad. La pena más horrible, la de no tener tiempo para ocupar una tumba, recayó sobre mí un día ya muy lejano. Desde entonces he dejado de tachar barritas escritas en cuenta a los barrotes que me atan a la existencia. Ahora es mi cuerpo mi propia prisión, una cárcel donde los barrotes infranqueables son los elixires de la eterna juventud. Qué le puede importar a un viejo ser condenado a cadena perpetua si ya tiene un pie en la tumba, me preguntaba cuando aún era joven. Por desgracia, las técnicas transhumanistas consiguen hoy alargar indefinidamente la vida de los reos sentenciados a cadena perpetua, para que cumplan íntegramente las condenas expiatorias de su culpa. Mi pena duraría lo mismo que durase España, es decir, siempre. Yo ya era un viejo centenario cuando cometí el último atentado. Había refundado el movimiento de liberación vasco tras haber sabido que uno de mis tatarabuelos era un natural de Rentería que aportaba una décimosexta parte de material sanguíneo vascongado a mis mixturas genéticas;

un ascendiente que desde la ultratumba me llamaba a la lucha en las postrimerías de mi vida. Condenado a cadena perpetua… ¡Ja!… Ya tenía un pie en la tumba, en el cementerio la perpetuidad pasa volando. Pero el sistema penal siempre ha ido un paso por delante y ha sabido muy bien cómo convertir los avances tecnológicos en crueldad. Crueldad que estoy probando ahora que soy inmortal. Por volar un cuartel de la Benemérita Corps y fundir los fusibles de los cien agentes robóticos hallados en el lugar fui condenado a cadena perpetua, cuando mi esperanza de vida no pasaba de otros tres o cuatro años, que pasaría en una penitenciaría como en una residencia gratis. Todo iba bien hasta que una ley con efecto retroactivo me incumbió como sujeto de un programa de rejuvenecimiento perpetuo. Pasados los milenios, debería haber una tumba que guardara mis restos y sin embargo sigo habitando un cuerpo del que el tiempo no se desprende, es mi prisión y la maldición del espíritu en él encarnado que apela a la muerte para su eterna liberación. Pero la aceleración exponencial del transhumanismo hace ya miles de años cambió mi propio signo existencial, dándome la inmortalidad. El sistema penal es bien consciente del alcance psicológico que la condena a la inmortalidad causa en quienes siempre apostamos por la muerte. Debería haber muerto de puro viejo al poco de ser condenado y sin embargo vivo en un cuerpo rejuvenecido constantemente que alberga un alma decrépita. Desde hace mucho trato de olvidar mi cruel destino. Destinado a los simuladores de trabajos forzados, percibo cómo se estimulan las glándulas sudoríparas de mi cuerpo poroso, cómo por mi frente corren gotas de sudor mientras excavo zanjas en Marte o mientras en la Luna recojo el regolito; solo una mayor ingravidez en los campos de trabajo impide que vuelva al penal reventado cada día. Y así, en tanto en cuanto España perviva, vivo condenado a una perpetuidad en la que se multiplica por el infinito mi edad metafísica. Españoles conquistando otros planetas por Santiago y abre España a las galaxias, cada misión a un nuevo mundo arriba en sus costas siderales en naves arrieras de españolidad con los símbolos sagrados de la patria dejada allá en la lejana Tierra. Los presos viajamos en ellas como los criminales en las antiguas galeras, somos nosotros los encargados de «terraformar» los planetas, quienes barremos el regolito y lo transportamos en carretas, somos, por Dios y por la patria, los constructores de sus plutonianas cloacas.

Matar al inmortal

Solo aniquilando a la inmortalidad podía matar al inmortal. Debía destruirla para matarlo, o agotaría la eternidad en conseguirlo. Yo, el inmortal, no quería ser reo de ninguna perpetuidad. Ya llevaba un tiempo indefinido postergando la que debía ser mi única acción fundamental como ser inmortal, o sea, romper las cadenas que aún me atan a la existencia y que todavía no he roto. Aún sigo siendo el narrador. Quise empezar por asesinar el concepto de inmortalidad. Pensé que matando la idea también mataría al sujeto de la idea, pero cuanto más me acercaba a mi víctima más se acrecentaba su presencia y lo que pretendía asesinar, más vívido se hacía en mi pensamiento, pues un asesino no puede borrar de su mente a la víctima que pretende matar. Si no podía acabar con la idea, qué hacer, me preguntaba; quizá definir el concepto de perpetuidad como un trasunto de eternidad. Pero, dado que «eternidad» no es «tiempo sin fin» sino su ausencia, se me ocurrió congelar el tiempo, aun a riesgo de convertir la inmortalidad en una melaza de instantes inconexos; si lo lograba, la mataría de frío, si no, yo, el inmortal, padecería Alzheimer. También podía matarla a cuchilladas en un acto de desesperación, en una acometida por sorpresa. Sin embargo, esto no es fácil; precisamente ella, la inmortalidad, es la guardiana de las grandes tumbas, las de los inmortales, y nunca se deja sorprender. Abandoné la razón y me agarré a la fe, entrando en el agujero negro de una paradoja, en la singularidad metafísica que implica que lo deseado nunca se manifieste, al ser anulado en el acto de la manifestación el objeto del deseo. Pero lo objetivo se hace subjetivo solo a fuerza de ser lo deseado. Así por ello, mi deseo de matar a la inmortalidad devino en pensamiento mágico. Esculpí una piedra simulando antropomórficamente a la inmortalidad. Una venus de pómez porosa a la que incrusté guijarros puntiagudos a imitación de un hechizo vudú. Al cabo la figura era un montón de polvo. Pero el polvo al polvo no implicó en su analogía corpórea la muerte de la inmortalidad en su aspecto conceptual. La última opción era matar a todos los demás inmortales y luego suicidarme. Pero el universo me era incognoscible más allá de mi burbuja sideral; a efectos locales yo era el único inmortal aun siendo la localidad de la inmortalidad universal, con una tasa de expansión superior a la de la velocidad de la luz. Ni siquiera sabía cuántos inmortales experimentaban la inmortalidad paralelamente a la mía. Tan solo sabía que la universalidad de la inmortalidad genera discordias en todos los casos. La primera de ellas es sobre el derecho o no de los inmortales a la muerte. Los detractores niegan el derecho argumentando en base al carácter sagrado de la inmortalidad, como si de una demanda divina se tratara; los defensores arguyen la inevitabilidad de una forma de acabar con la inmortalidad desde la propia inmortalidad. Si la negación del derecho prevalece, si a la consecución de la inmortalidad la secunda un avance tecnológico exponencial, entonces aparecerá una civilización galáctica floreciente, donde la proliferación de inmortales terminará por agotar los recursos y a continuación se iniciará una gran diáspora a la conquista de otros billones de mundos, colonizados a lo largo de miles de millones de años por trillones de inmortales. Ahora que el universo se ha expandido hasta el infinito, cada uno de nosotros somos náufragos en los océanos siderales, habitantes póstumos a la deriva entre islas espaciotemporales. Cada inmortal aislado en este presente frío e inhóspito es un único inmortal expandiendo la inmortalidad en una soledad absoluta. Los inmortales hace mucho que divergimos de los mortales, dejando de alimentarnos de materia orgánica para hacerlo con ondas energéticas ubicuas en el universo, radiación liberada por los mortales en sus anhelos de trascender, que constituye el final de una cadena trófica sin desperdicio. Primero los mortales comen animales inconscientes de la muerte, ofrecidos después a los dioses inmortales para bendecir la mesa y hacer del rezo el alimento de un plato a su reverencia; las oraciones se transforman por último en radiación biofotónica, producto de la siembra de albarda mitológica en el corazón emocional de los mortales. Ya muy avanzada la tecnología de la inmortalidad, se crean esferas de Dyson capaces de captar para toda una galaxia la energía emocional emanada de alguno de sus planetas, garantizando un suministro que no es otro que los sentimientos religiosos de mortales que anhelan la vida eterna. Un meteorito caído del cielo se convierte por esta suerte en una piedra sagrada objeto de adoración y peregrinación piadosa. Millones de fieles la tocan mientras dan vueltas alrededor de un recinto sagrado y en el acto vierten una cantidad ingente de energía biofotónica, haciendo que la piedra se transforme en un radiador de flujo energético permanente. Los mortales, aun a sabiendas de que sus hijos han de morir como ellos mismos, se alegran de la benevolencia divina que les permite continuar el ciclo de la vida, igual de indiferentes a su destino que los animales camino del matadero. Gracias a su intermediación, se completa el reciclado de energía que permite la inmortalidad. El ciclo comienza y acaba en el vacío, donde la energía se deposita esperando que

algún universo emergente se la tome prestada so pre-
texto de alimentar a los dioses, quienes la devolverán
al vacío tras haberla optimizado. Es así como los inmortales tomamos el alimento directamente de las
ondas biofotónicas que han sido emitidas al espacio
sideral por millones de mortales reunidos oportunamente en grandes espacios sagrados formando inmen-
sas baterías de radiación altamente energética. Ahora,
yo mismo, inmortal ermitaño en un planeta errante,
vivo de los rezos orados por quienes, anhelando la vida
eterna, murieron hace mucho. Cada deseo de trascendencia sigue siendo para mí un delicioso bocado ali-
ñado con súplicas vanas y esperanzas imposibles. Es
debido a la intermediación de los mortales en el reciclado de energía, que los detritus orgánicos de sus
cuerpos serán arrastrados por escarabajos peloteros para
su último aprovechamiento; mientras sus sentimientos
religiosos, dirigidos al cielo, seguirán expandiendo el
universo para continuar nutriendo a los dioses inmortales. Somos los inmortales los dioses dados a restau-
rarse con el deseo de inmortalidad de los mortales,
dioses que somos idénticos a nosotros mismos en in-
finitos universos paralelos, en los que, por pura necesidad estadística, podría hallar mi propia imagen espe-
cular para delegar en ella la suerte de la inmortalidad,
haciendo del encuentro el duelo de dos pistoleros

cuyas balas chocan al intentar matarse mutuamente. Pero esto sería tan inútil como el intento de un suicida que dispara a su imagen en un espejo. Entonces mi suerte ya no sería la inmortalidad sino la demencia senil, pues, qué si no es la inmortalidad más que una suerte de percepción demente de la eternidad. En ella no hay nada que trascender, todo valor dado por el paso del tiempo carece de sentido. Una existencia sin límite temporal adolece del vigor crónico de una vida personal supeditada a su propia extinción. Ni prisa ni oportunidad, para el inmortal, como para la energía de vacío, la holgazanería es la única opción. No así para los mortales, siempre atentos a cualquier oportunidad de trascender, aunque para ello tengan que pagar un precio muy alto. La inmolación, el ofrecimiento de la propia sangre ha sido de común la vía más rápida para los más impacientes, la mayoría de las veces mediante algún rito macabro que hará del mártir un venero eterno de inmortalidad. Un truco genial, una jugada maestra de trileros místicos, que antes del gran avance tecnológico había dado la oportunidad a los más espabilados entre los mortales de alcanzar la inmortalidad. Para mi desgracia, la mía no es una inmortalidad en el limbo olímpico de los dioses ni tampoco la de los mesías, mártires y profetas. Soy a todos los efectos un ser corpóreo muy parecido a un marciano verde que utiliza antenas rojas para captar ondas energéticas. Soy reo de una sentencia a perpetuidad que me ha transformado en un poshumano al haber sido aplicado a mi cuerpo un programa de automejora también a perpetuidad. Ahora soy reo de mi propia autosuficiencia tecnológica, cada poro de mi cuerpo es autorreplicado por un poro mejor y más eficiente que me permite ser más joven cada día. Aún hoy pago mi castigo habitando este asteroide oscuro y gélido, del que no puedo escapar porque nada hay más cerca que estrellas lejanas estiradas hacia el infinito espectral del infrarrojo. Cómo haber imaginado cuando aún era mortal que al filo de la eternidad habría de alimentarme del rezo de los demás mortales. Mis antenas se dirigen al espacio profundo en busca de las ondas remanentes de aquellos despojos psíquicos producidos por los fieles de las religiones allá en la Tierra. Si pudiera rastrear su origen exacto llegaría a mi propia infancia, al tiempo de la inmortalidad ingenua de un niño.

De vuelta a la inmortalidad

Si no fuera inmortal no tendría el tiempo que no pedí. Con tanto tiempo puedo retroceder al tiempo en que fui inmortal por defecto. En ese tiempo de mi infancia ya había un inmortal en España. No en vano era caudillo por la gracia de Dios. Sin embargo, el día que finalmente murió ya no dudaba que algún día yo también moriría. Hasta entonces había sido inconsciente de mi propio destino mortal. He de orientar, pues, las antenas para captar los residuos psíquicos de un niño llamado Patricio Borja que vivió sus primeros años en una nación en blanco y negro; amén de anteponer a la narración retrospectiva en tercera persona mi yo inmortal. […]. No podría asegurar en qué instante aquel niño se estremeció por primera vez ante la certeza de la muerte. Veía en los noticieros a un anciano de aspecto incólume que era la viva imagen de la misma España que gobernaba. El caudillo del NO-DO, el primer inmortal al que conoció, era sujeto de una atención reverente parecida a la prestada a un ser con poderes sobrenaturales. Sin embargo, no menos sobrenatural parecía la aparición en la tele de personajes difuntos devueltos a la vida por la magia del celuloide. Qué era la muerte entonces si en una caja luminosa los muertos seguían viviendo, siempre y cuando fueran famosos. Confuso, estableció una relación entre fama e inmortalidad. La fama era el remedio a la muerte. Pero antes tenía que aprender que la primera no llega por sí sola y la segunda sí. Se imaginaba a sí mismo alcanzando sus sueños sin que el proceso cronológico durara más que un dicho y hecho. Incapaz aún de considerar las distancias temporales de sus acciones futuras, simplemente cuanto imaginara se acabaría cumpliendo. Pues era lograr lo inverosímil lo que siempre rondaba su cabeza. Alcanzar la gloria de los grandes futbolistas fue su primer sueño. Algún día, no tenía duda, el mismísimo Caudillo le entregaría la copa del Generalísimo. En absoluto consideraba la muerte cercana del anciano inmortal que gobernaba España ni que para ser un gran futbolista habrían de pasar al menos otros quince o veinte años de duro entrenamiento. Porque eludir el tiempo es la tarea principal del inmortal, iba de ilusión en ilusión, no le importaba pasar de un propósito inverosímil a otro más inverosímil aún; no en vano contaba con todo el tiempo del mundo. Un día oyó hablar de las antípodas, pensó entonces que podría cavar un pozo sin fondo para atravesar la Tierra. Todavía no sabía que algún día tendría que trabajar, quizá con un pico; no comprendía que la vida consistía en priorizar el esfuerzo y que tal cosa venía determinada por el sistema social. Pero su imaginación era todavía poderosa, no había sido aún derrotada por la aplastante realidad del mundo de los adultos. Así que comenzó por imaginar abrir un túnel hasta Nueva Zelanda a partir de un pequeño hoyo en un descampado de las afueras. Durante unos días no pensó en otra cosa, sin que en ningún momento se pusiera manos a la obra; lo haría más tarde o más temprano. Verse al otro lado del mundo, llegar allí cavando sin que nadie se enterara de semejante hazaña, era algo que lograría en cuanto comenzase a cavar sin dar importancia a cuánto tiempo gastaría en el empeño o cómo se orientaría una vez en el centro de la Tierra, donde posiblemente terminase girando sobre sí mismo para salir por las hiperbóreas en lugar de por las antípodas. Al fin de aquellos días, por inútil y absurda, abandonó la idea imposible de cavar un pozo sin fondo. Pero, enseguida, nuevas ideas tendría de mayor alcance. Pensó en construir en la Luna una casa con tejado de plata. Quería demostrar que la Luna no está arriba, sino abajo. El tejado de plata brillaría en la Luna como en la Tierra el reflejo de un lago visto desde una cumbre. Evidentemente, para ver desde la Tierra una casa en la Luna hay que mirar hacia arriba, pero si lo que se ve es su tejado entonces está claro que también se mira desde arriba, haciendo que la casa, y por tanto la Luna, estén abajo. Su casa debía tener una planta tan grande como la de la gran manzana, cubierta con un tejado de dimensiones colosales para ser mejor vista desde la Tierra. Necesitaría para su edificación una cantidad ingente de materiales, así como hacer un sinfín de viajes espaciales; sin embargo, no contaba con otro vehículo que su bicicleta, ¿acaso le valdría?, terminó preguntándose; detalle enseguida puesto en cuestión que acarreaba otra cuestión de más trascendencia. En principio, si a la Luna se pudiera ir en bicicleta, solo sería cuestión de tiempo construir en ella un gran edificio; pero ¿cuál era la distancia entre lo posible y lo imposible? ¿Cuál era el límite del propio tiempo? Por analogía con el ciclista que no cae hacia la Luna al coronar un puerto, dedujo la imposibilidad de usar su bicicleta como medio de transporte para viajar al espacio, antes le daría tiempo de construir una nave espacial. La bicicleta, pegada a la Tierra como el músculo del ciclista lo está al hueso, no valía para alcanzar una velocidad de escape a la gravedad terrestre, por más pedaladas que diera. Pero, aunque no pudiera ir a la Luna en bicicleta, no le quitaba su uso el poder llegar a ser un campeón, un ciclista tan veloz que es capaz de adelantar a los motoristas de la Guardia Civil. Por desgracia, la realidad pronto se impuso. Un día unos guardias motorizados le echaron el alto cuando cruzaba una carretera, de tal modo que, obviando la orden, comenzó a pedalear con más brío que nunca hasta llegar a su casa, donde imaginariamente tenía la meta. Justo allí lo alcanzaron para darle una reprimenda por su actitud de rebelde escapista, solo excusada por la oportuna presencia de su abuela en el lugar del incidente. Y es que, sin duda, los motoristas estaban haciendo algún servicio a la patria al perseguir a un niño preadolescente que juega con su bicicleta, afortunadamente en una España con muy poco tráfico aún; pero en su ánimo existencial, semejante mal trago supuso una nueva desilusión al comprobar que nunca sería un ciclista tan veloz como había imaginado, además de una experiencia de temprano rencor hacia la Benemérita. […]. Era verano, hacía calor, pero también un río donde refrescarse. En las afueras era un curso de agua todavía sin encauzar, con remansos profundos y corrientes rápidas propias de un río salvaje. Todos los críos de su barrio aprendían a nadar allí sin ayuda de monitores a su vigilancia para evitar que dieran un paso en falso. Pero es que para aprender a nadar es necesario precisamente dar un paso en falso, un paso hacia la ingravidez, un paso trascendente por el que el niño Patricio Borja descubrió por primera vez que no hay motivo para temer traspasar los límites donde las leyes físicas cambian de escala. Su cuerpo suspendido en el agua era más ligero, giraba sobre sí mismo sin apenas esfuerzo, los brazos parecían alas, las piernas aletas, al bucear volaba en el agua, se adentraba en una dimensión que trascendía la planitud de la superficie, podía sumergirse en un mundo solo posible de explorar desde dentro. Para cuando comprendió que la muerte también era un paso en falso hacia dimensiones desconocidas, no por ello se sintió sobrecogido. Mas hete que todavía a la altura de aquel verano de azul felicidad era incapaz de apreciar la profundidad de la existencia más allá de sus ilusiones infantiles. Aún vivía en la superficie de la realidad, sin atisbar el horizonte de la muerte. Pensaba que el mundo siempre se le presentaría igual de fantástico, que siempre podría ser el actor consumado de su propio futuro protagonizando una película imaginaria. Así un día, pensando que saltar de un balcón no le causaría más daño que a James Bond lanzarse desde un avión, decidió comprobar si eran ciertos los trucos del cine, si era verdad que los héroes del celuloide burlaban los estragos de la gravedad. Por desgracia se rompió una pierna, aunque pudo haber sido peor de no haber habido un arbusto que amortiguó el golpe. No obstante, no se desanimó. Una vez recuperado dejó de imitar a espías tipo James Bond y se pasó al salvaje Oeste, ahora sería un pistolero bebedor de *whisky* en las tabernas de Kansas City. *Whisky*, nombre de chucho y embriagante espirituoso de sabrosa textura para el disfrute de los gaznates, ¿cómo de rico estará para que esos tipos duros de la frontera no paren de beberlo? Tomó para comprobarlo un trago de una botella de *whisky* que no contenía *whisky* sino aguarrás mezclado con tinte de barniz para muebles, un brebaje tóxico que le produjo un intenso dolor abdominal durante toda una tarde. Fue otra desilusión, beber *whisky* no era tan cojonudo como había pensado. Sin embargo, no tardó en encontrar otro tipo de personajes cinematográficos a los que imitar. De veras nuevas, iba a convertirse en un galán, un seductor irresistible a las mujeres; debía ser caballeroso, hacerlas sentir especiales y no escatimar en piropos bonitos. Pero una vez más, a las primeras de cambio, ocurrió un incidente desafortunado, pues siempre abundarán tipos zafios dispuestos a malograr las causas más románticas. Yendo en su bicicleta llegó a una plaza señoreada por unos gamberros a quienes preguntó cuál era el piropo más apreciado por las mujeres. Los muy soeces le propusieron llamar furcias a unas mozas engreídas de paseo por allí, asegurando que se sentirían ruborizadas por el halago del calificativo. Las mozas, por su parte, no solo no se sintieron halagadas, sino que la emprendieron en su persecución con intención de abofetearle. Esta vez sí pedaleó como un campeón y logró escapar de las enfurecidas damiselas. Al llegar a casa le preguntó a su abuela por el significado de la palabra utilizada en su frustrado escarceo amoroso. Una furcia es una mujer desvergonzada e impúdica, le contestó ésta; además le advirtió no dirigir jamás ese vocablo a una mujer decente. Había quedado claro que había cometido un error de principiante, no estaba preparado para desenvolverse en las artes de la seducción. Fue así como concluyó que si quería atraer a las mozas rápidamente sería mediante el dinero; debía multiplicar por mil las cien pesetas que tenía ahorradas. Los mismos gamberros le dirían cómo enriquecerse sin esfuerzo, es decir, apostando a las cartas con ellos como compañeros de juego. Al cabo de varias partidas al juego de los montones, sota, caballo y rey, terminó desplumado. Su sueño de poseer mansiones y veleros para seducir a las damas al estilo de los galanes del cine no pasó de aquel intento frustrado por enriquecerse. La magia del cine era tan engañosa como la propaganda publicitaria de la tele. Debía buscar en su defecto otro universo de fantasía con mayor acervo, uno anterior a la era del gran avance tecnológico cuya tradición mágica se remonta a la edad del hierro. […]. Haciendo de cajas tontas monumentales cuando todavía no había televisión, era en las iglesias donde se ofrecían soluciones mágicas a problemas imposibles, que sólo los santos milagreros conseguían resolver. Estando en ellas se imaginaba a sí mismo como un ser mágico capaz de obrar milagros. En este mundo de fantasía predigital anclado en los albores de la edad del hierro siempre ha habido la posibilidad de obrar dos tipos de milagros, aquellos que burlan las leyes de la física y los que se producen por una coincidencia entre lo deseado y lo acaecido. Los primeros requieren la aprobación de algún alto cargo eclesiástico; los segundos son el resultado de muchas horas de rezos y pertenecen principalmente al ámbito privado. El niño Patricio Borja no estaba dispuesto a tomar caminos largos, no rezaría sin saber de antemano cuánto tiempo habría de pasar antes de producirse el milagro, tampoco quería confundir a Dios con oraciones repetitivas cargadas de errores fonéticos. Optaría por la vía rápida, es decir, la vía escolástica. Obrado el milagro, llamaría al Vaticano para su certificación. Pero antes tenía que pensar qué milagro hacer. Debía ser algo totalmente novedoso. Por ejemplo, probar que los fenómenos asociados a la sinestesia, además de elevar los espíritus al reino celestial mediante esencias como el incienso, también podían bajarlos al inframundo cuando el olor procede de las cloacas. En definitiva, pintaría un pedo de verde; un milagro consistente en rutilar cromáticamente el olor a metano. Fue al kiosco de su barrio en busca de algún almanaque de química para principiantes, y si bien es cierto que no halló ninguno, en su lugar encontró cápsulas de bombas fétidas entre los artículos de broma. Quizá, pensó, podría usarlas de alguna manera para obrar el milagro; pero en la pegatina comercial el anunciante se atribuía ya ese mismo milagro que él pretendía; pues, en efecto, al hacer estallar aquellas cápsulas el olor a pedo iba acompañado de un fulgor verdoso que impregnaba el aire en varios metros a la redonda. Lo más sorprendente es que el anunciante era la Iglesia de la Cienciología, cuyo reclamo a pie de estante era la promesa de milagros obrados en cadena. La patente del milagro (por el que un pedo es pintado de verde) ya estaba registrada por una iglesia que prometía a sus prosélitos la salvación espiritual a costa de trucar la ciencia. Esta fue una revelación importante. Parecía claro que el abismo entre la magia y la ciencia se podía puentear en la era del gran avance tecnológico con embustes de mayor calado que los propios de la edad del hierro. En las iglesias tradicionales las tallas de santos iluminados representaban ya un tiempo obsoleto, sustituidos los halos de santidad por lámparas halógenas transmisoras de extrañas ondas benefactoras para el aura y los talismanes de la suerte por pulseras magnéticas emisoras de flujos energéticos positivos. [...]. Frustrado una y otra vez en la consecución de sus inverosímiles objetivos, el niño Patricio Borja iba posponiendo para un futuro indefinido una suma de propósitos siempre postergados. Era necesario encontrar un punto de inflexión por el que pasar de la ocurrencia y la impericia a la precisión de un plan factible y bien ejecutado. Hasta entonces había dado por hecho cuanto se propusiera por muy disparatado que fuese, ahora debía lograr un fin que el propio tiempo definiera. Fijar una meta. Ya sabía interpretar los calendarios, que nunca permanecían con el mismo año, percatándose por esta eventualidad de la discreción del tiempo. Así, cuando llegó el 1 de enero, se puso a pensar en algún plan a ejecutar antes del siguiente 1 de enero. El 2 de enero aún no había tenido idea alguna. Pasaron las semanas y los meses y siguió sin tener idea de qué hacer, su plan no pasaba de ser una incógnita. Cuando por fin llegó diciembre optó por dejar que fuera el maestro de la escuela quien le encomendara alguna tarea a ejecutar antes del nuevo año. Paradójicamente, sería una redacción de cuatro páginas a propósito de la importancia que tiene marcarse objetivos en la vida. Él estaba acostumbrado a redactar como máximo una página, y siempre sobre lugares comunes como el barrio, la ciudad, la provincia o el país, con comienzos encabezados por expresiones del tipo: «Mi barrio es acogedor… Está en las afueras de una ciudad magnífica situada en una provincia rica y variada, en un país grande, uno y libre, con una historia gloriosa…». Sin embargo, escribir una redacción de cuatro páginas sobre una cuestión de la que sólo tenía su propia experiencia necesitaba de algo más que los tópicos manidos de la exaltación patriótica escolar; de hecho, requería de una experiencia aún no adquirida más que de forma negativa, porque hasta entonces no había tenido que priorizar el tiempo. Acababa de descubrir que la prioridad era lo que definía el tiempo y que de facto aniquilaba los objetivos inverosímiles marcados por la imaginación. Percibió al filo de acabar el año un hecho trágico en la vida de todo ser humano: que el tiempo dependía de factores discrecionales exteriores a sí mismo; que no era un todo inabarcable como había considerado hasta entonces, sino una multiplicación exponencial de tareas y deberes impuestos por la sociedad en forma de ciclos repetitivos y previsibles. En adelante ya no tendría una percepción holística del tiempo, sino otra que contaba un tiempo cercenado, troceado a discreción por las imposiciones sociales al servicio de idénticas iteraciones generación tras generación. El niño Patricio Borja tuvo, por último, un objetivo, y así lo expresó en la redacción; él de mayor sería un hombre sin patria. Aquello que perdiera en compromisos afectivos con la sociedad lo ganaría en tiempo. Él sería un apátrida que nunca presenciaría un desfile patriótico, jamás iría a la iglesia, no se casaría y no perdería ni un segundo en educar a unos hijos dados a la nación que nunca tendría; evitaría envolverse en bandera alguna y escupiría a quienes sí lo hacen; vagaría por el mundo y siempre sería libre. Pero lo mejor es que, para poner en marcha dicho plan, lo único que tendría que hacer era: nada. Era el plan perfecto para un objetivo que a la postre habría de ser la única meta de su vida.

Violencia senil

Nacer en una nación fascista, hecha de hijos a los que adoctrinar en las virtudes del trabajo por la buena marcha de la patria; ver cómo esa misma prolífica generación del desarrollismo perseguía el bienestar a costa del idealismo materialista y a su regazo contemplar el nacimiento de otra generación amasada en el consumismo compulsivo, fue para Patricio Borja un envejecer lleno de resentimiento hacia la cretina nación española. Solo el pensar en un acto de suprema violencia como venganza al final de su vida le consolaba. Hecho mayor, había comprendido que el tiempo no pasa en vano; a su paso fue adquiriendo una mentalidad marginal cargada de odio, que con frecuencia le llevaba a imaginar su respuesta existencial en circunstancias indigentes. Nunca pediría limosna, tampoco sería un delincuente común... Sería terrorista. Quizá de tanto hacer experimentos mentales con respuestas negativas a las circunstancias de la vida, su moral de adulto sin patria iba siempre del lado de quienes negaban el poder establecido. El poder en su intento permanente de aminorar el pánico generado por el terrorismo no dudó en convertir su apología en un delito. Esto fue a su vez la negación a cualquier oposición armada al poder establecido. Pero peor fue que el sentimiento más humano de todos, el odio político, quedase desterrado de la humanidad como si de un pobre diablo expulsado del paraíso se tratara. Cuando, ante el avance imparable de la tecnología, a mediados del siglo XXI las divergencias entre humanos y transhumanos comenzaron a ser resultado de diferencias económicas insalvables, todo el edificio ideológico humanista se vino abajo, haciendo que los ricos ganasen en la secular lucha de clases de una forma trascendente. Con su riqueza reinvertida en la tecnología de la inmortalidad serían los nuevos dioses y el planeta heredado por los pobres, el equivalente a un cascarón roto del que ha salido un ave de presa. Los poderosos comenzaron a abandonar la Tierra en provisión de nuevos astros donde vivir, construyendo mansiones flotantes en el espacio exterior, desde las que escrutar mejor el cielo nocturno, como lo haría un ave rapaz en su coto de caza. Eran los nuevos halcones; los superricos, encargados de llevar a cabo un holocausto programado. No es que fueran malvados, es que una civilización tecnológicamente avanzada debe asumir el ritmo propio del avance. Si a principios de siglo era una encantadora novedad perfilarse en la red, a mediados el rastro digital dejado en ella constituía una prueba pericial válida para un sistema fundamentado en las estadísticas. Una puntuación baja del sujeto lo convertía en un paria condenado al ostracismo. Perfiles a discreción eran adjudicados a los individuos en una permanente subasta de datos personales. Nadie tenía ya una historia personal que no fuera virtual. En el peor de los casos, los condenados por el sistema dataísta iban directos a campos de concentración y trabajos forzados creados por la realidad virtual para el cumplimiento de las penas. El fenómeno de la evolución cultural empezaba a actuar a un nivel desconocido en la civilización. En este nuevo nivel la adaptación exitosa al medio social venía dada por primera vez por estadísticas digitales reflejo de la supervivencia de los más aptos. Hubimos de aprender al efecto palabras infantiloides como *influencer, follower, youtuber,* «gilipollez supina *gromenauer*»... para ponernos al día, debido a la creciente influencia social de estos nuevos adalides del futuro. Pero no todo habría de ser tan feliz como auguraban las primeras décadas del siglo. A su mitad, el sistema tenía tantos datos de cada individuo que no le resultaba difícil adjudicar perfiles incluso a quienes habían renegado del uso de la tecnología digital. Por fin, la prohibición del uso de papel en las comunicaciones entre personas y organismos les dio la puntilla a varios milenios de información impresa susceptible de ser destruida. Por contra, la información digital es indestructible, constituyendo un registro permanente al que siempre es posible acceder. Por eso el anciano Patricio Borja tenía su propio perfil, no determinado por él, sino por los servicios de seguridad de la República Dataísta, que lo catalogaban con la más baja puntuación posible. El suyo era el perfil de un reservista de ETA. Debido a que la inteligencia artificial había escaneado cada noticiero de las manifestaciones contra la banda durante los años de plomo sin encontrar su presencia en ninguna, los algoritmos procesadores de perfiles alertaron a la policía de un presunto anciano resentido con España que merecía ser objeto de reeducación patriótica. El anciano Patricio Borja no tenía conflicto interno alguno por la acusación, no se consideraba inocente, seguía viendo a los etarras igual que los veía en las décadas del plomo; para él eran los últimos románticos; los únicos indómitos de la España heredada del franquismo. Sin embargo, las técnicas de reeducación a la que eran sometidos los reservistas podían causar en ellos terribles traumas emocionales. Para mayor crueldad, los internos eran sometidos a terapias de choque como sumergir al reo en la realidad de los antiguos noticieros franquistas del NO-DO, por donde debían vagar siguiendo las instrucciones de distintos programas de simulación virtual. En esos paseos simulados en tres dimensiones los condenados eran controlados por algoritmos en función de sus itinerarios. Si visitaban con frecuencia el Valle de los Caídos cuando se estaba construyendo, la estadística establecía una reeducación adecuada; si no era así, era signo de demencia. El anciano Patricio Borja había nacido en un país idéntico al del NO-DO, donde la virtud de ser español era presentada como la responsabilidad de pertenecer a una nación obediente y trabajadora. Solo unos pocos estaban exentos de dar cuentas a nadie excepto a Dios; solo unos pocos en la cúspide del poder, por qué no también unos pocos y osados terroristas dispuestos a matarlos. Los engaños existenciales y la hipocresía del poder no debían quedar impunes o la existencia propia no tendría ningún valor. Al igual que a los etarras, a él España nunca podría pagarle lo que le debía si no era cobrándolo en sangre. Antes de morir debía, por tanto, resarcir de forma violenta el engaño existencial perpetrado por los custodios de la patria. No adornaría la despedida con ninguna proclama escatológica, sino con una carcajada diabólica que helaría el corazón de sus víctimas. Luego bebería su sangre y por fin moriría tranquilo, sabiendo que su paso por el mundo no había sido en vano.

La última carta VI (2070)

Padre, José Antonio me ha advertido de tu malestar por mi actitud displicente hacia ti. Pero yo ya soy mayor de edad y tengo mis propias ideas sobre España, muy diferentes a las tuyas. Comenzando por el franquismo, no creo que la prolífica generación a la que perteneces fuera una operación proletaria a gran escala producto del desarrollismo, más bien fue la consecuencia del superávit alimenticio conseguido por el progreso de la nación gracias a la benevolencia del régimen. No pienses que te considero un cínico. Fuiste a un concurso de odio a España y lo ganaste frente a un formidable equipo de contrincantes. El premio fuimos José Antonio y yo, que en definitiva representamos tus anhelos de darle hijos a la nación. Has cumplido así con la más solidaria de las encomiendas patrias. Padre, debido a tu avanzada edad, es posible que mueras pronto. Yo daría mi sangre por ti si con ello cumples tu deseo de cobrarte sangre española antes de morir. Tu hijo, Paco.

Testimonio (la última carta VI)

Paco, hijo mío, no quisiera verme aberrado por ti como si fuese una oveja descarriada. Yo me he limitado solamente a cumplir con mi destino. Siempre recordaré cómo empezó esta mi desdicha de ser español. Yo quería por entonces ser el mejor español, pero este mi celo por la superación se volvió enseguida en mi contra, pues bien es sabido que nadie es profeta en su tierra y que en España se castiga con severidad todo intento de superación. Así, por tanto, si no podía ser el mejor entonces debía ser el peor, darle la vuelta a la perspectiva y repudiar a la nación. Sin embargo, con el tiempo me he dado cuenta de que España me lo ha dado todo; en especial esa tensión existencial que ha sido el resorte de mi creatividad. Sin España no sería quien soy, sin ella nunca hubiera encontrado un lenguaje escatológico con que alimentar mi espíritu blasfemo. Contra ella he desfogado con la mayor iracundia, he sido un bronco trabucaire, he socarrado en la hoguera de las vanidades mi vetusta filiación y a su difama, cuanto más viejo me he hecho, más me ha embargado a su sino la emergencia de mi propio ser. Paco, querido hijo, tú llevas la sangre de España en las venas, aunque seas un engendro clonado mediante manipulación genética. Eres una réplica del Caudillo incubada en un laboratorio; pero, aunque no lleves mis genes, soy yo quien tiene todo el derecho a reivindicar tu patria potestad y la de José Antonio, pues nadie más que yo puede testimoniar en vosotros el legado de la patria. He sido un mal español, pero un buen padre; os he dado todo mi amor como padre para poder compensar haber sido un mal hijo de España. Vosotros sois mi redención póstuma. Paco, hijo mío del alma, no quiero ir a la tumba sin antes confesar algo muy importante. Solo tú y José Antonio debéis saberlo. Se trata de un engaño del que tu hermano siempre ha sospechado; lo cierto es que el concurso de españolidad por el cual adquirí vuestra paternidad estuvo amañado. Mi asistente, vuestra madrina, la Choni, es especialista en favorecer la reintegración de ancianos con dolencias existenciales que llevan al ostracismo. Gracias a ella ya no soy aquel indigente de antaño, sin bagaje familiar ni descendencia, ya que ahora sois vosotros la obra patria acreedora de mi propia sepultura. ¡Qué dulce es la muerte cuando la esperas como agua de mayo! Vosotros sois el último resorte vital que me queda. Es mi última voluntad haceros saber que a España se viene a ser hidalgo, a estar obligado a un mínimo de nobleza, a ostentar una alcurnia sin mácula en la onomástica, a blandir la espada de Santiago y a recitar el *laterculo* de los reyes godos; porque España pide sangre nueva que derramar por la patria, y aunque la mística de la sangre haya sido superada por la biología sintética, sois los hombres nuevos como tú, querido Paco, y José Antonio quienes debéis volver a levantar España. Cuando pienso en lo estéril que resulta vivir sin darle hijos a la patria me estremezco. Un profundo desasosiego me invade, igual de aterrador que una pesadilla en que al morir se me niega un cementerio y mi cadáver es arrojado a una cuneta. Confío en que vosotros llevéis a hombros mi ataúd cuando muera, y que con agrado yo lo vea desde el Cielo; he de saberme gozando ya de la paz celestial debida a vuestros respetos de hijos reverentes. La muerte me espera y yo la espero a ella; su honda huella es un pozo sin fondo en el sepulcro del vacío, donde el polvo de la vasija fumosa vivificará la tierra en que reposen mis restos. Allí descansaré en paz viéndoos venir en cada aniversario.

Epitafio

Aquí yace un mortal al que los dioses exprimieron la energía vital en beneficio de la nada.

La energía es la diferencia de un gradiente. Crear algo es ya la diferencia de un gradiente. Dios es tanto como nada, pero con su soplo de energía vital consuela a los mortales.

FIN

Índice